舒非 主編

香．港．散．文．12．家

# 這時代的
# 文學

陳智德 著

中華書局

# 主編的話

　　二〇一二年，為了紀念中華書局成立一百周年，香港中華書局推出了《香港散文典藏》。叢書收入九位當代香港最有影響力的作家，他們是：董橋、劉紹銘、林行止、陳之藩、西西、金耀基、羅孚、小思和金庸。「典藏」出版之後，頗受兩岸三地讀書界的好評。作為這套書的主要策劃者，我個人很受鼓舞；此後承蒙香港中華書局厚愛，希望我繼續圍繞香港文學再推新書，經由我和作者及出版社的反覆磋商，始有《香港散文 12 家》的誕生。

　　在香港，嚴肅文學書籍市場本來就狹小，隨着網絡閱讀的高速發展，讀書風氣的不斷改變，文學書的空間已經越來越小，確實給出版社帶來重重的困難。在這樣的情況下，我們仍然堅持推出《香港散文 12 家》，因為我們認為香港有優秀的作家和優秀的作品，作為立足

香港一百年的出版社，我們有責任為香港作家出好書，也有責任為香港讀者提供優秀出色的讀物。雖然文學市場持續低迷，但是我們不願放棄。

在日新月異的網絡時代裏，嚴肅的文學書是否有其價值？我們的答案當然是肯定的。文學看上去也許不那麼實用，但是文學是涵養人心的；讀文學作品，未必有立竿見影的效果，但是進入文學世界，肯定能為你打開一扇不同凡響的窗子，提升你的精神境界，令你一生受用。

收在《香港散文 12 家》裏的作者，背景不同，年齡不一，寫作的題材與風格更是迥異，因此也呈現香港散文的整體風貌。相對於詩歌或者小說，散文或許比較容易上手，但也更不容易寫得精彩。我們希望這套書，除了給愛好文學的讀者提供好書之外，也希望為有志於寫好中文的同學提供範文。

舒非

二○一五年四月

這時代的文學

# 自序

　　少年時代學寫散文，依循着司馬長風一九七八年所編的現代散文選集，編織個人思緒。最初是選集中幾篇文章的題目吸引了我，巴金〈廢園外〉、李健吾〈切夢刀〉、何其芳〈遲暮的花〉，皆別緻而帶點落寞，出以沉潛靈動文筆，引領讀者勉力向現實超拔。我驚訝於這等文章的力量，遠超我最初對文藝的想像，逕自梭巡在書叢中覓出更多五四以後詩文，在此過程中，我讀了司馬長風本人所著的《綠窗隨筆》、《唯情論者的獨語》等文集，又在陳錦昌（陳汗）的散文集《斷弦琴》讀到〈憶司馬長風先生〉一文，大概是這條由現代散文選到編者本人文集再到紀念編者文章的軌跡，載我由五四時代到了香港。

　　時代與場景，固有所更迭，而在香港的幾代作家，着力抒寫時代新聲，或往復刻劃現實，寄懷種種想像、

疑慮，當他們回眸，有時仍會提及，五四與三四十年代文風，如何在他們文字間留下印記，我往後讀到的舒巷城、劉以鬯、馬朗、海辛、戴天、蔡炎培、也斯，皆有類近的創作心跡，他們都試圖通往文藝的超拔，每感與社會扞格卻未肯止息，由此，香港幾代作家，與五四時期至三四十年代文風，仍隱約相繫。

感念於時代、文藝與人生的交織，我嘗試整理二千年來至今十數年對文藝的抒懷、寄意，編為一本有關文藝理念的文集，取名《這時代的文學》，首兩卷以人物為中心，卷一「啟悟之源」懷想我敬慕的老師、前輩，卷二「方外同途」問道於我同輩的文友，從他們的行止和著述中，標示出文藝所能達致的感悟，也渴求呼喚共同的路徑。這些文章有的本是書評、書序和讀書札記、隨筆，其以人物為中心，行文方向卻非一般人物描寫，它最後指向的是人物背後的文藝理念，也呼應着我跌宕的思索。

卷三「這時代的文學」收錄二〇一四至一七年間寫成的一輯文章，皆圍繞「香港文學」而發，本帶議論成分，穿插着論據、事例或文本分析，唯在本書脈絡中，這批文章仍作為散文收錄，因為它們孜孜呈現的，更

是一種有關香港文學的想像，當中有時代回溯、個人追憶、今昔反思和焦慮，也嘗試說明或解釋，我長年所仰視的文學理念，到底是甚麼。

卷四「茶與書」以清茶伴書式的閒談開始，嘗試歸結談話，或也藉以抒解卷一至卷三所散發的若干鬱結，如果可以，我實在不想以消沉收結，文藝應具煥發、感悟和超拔的力量，至少如淡甘茶味，不經覺地點染着今昔生活的種種。

二〇〇一至二〇一五年間，我曾在不同報刊撰寫不定期專欄，較早期是二〇〇一至二〇〇二年間，《明報》「世紀版」隔月、隔周刊出的「詩邊掇拾」和「舊書新果」，二〇〇六年十一月至二〇〇七年一月間有《成報》「筆鋒版」每周刊出的「抗世詩話」，二〇〇八至二〇一二年有《文匯報》「采風版」每周刊出的「詩幻留形」，二〇一四至二〇一五年間再於《星島日報》「名筆論語」欄每月刊出一篇文章，另有不定時刊於《信報》、《明報》和《字花》的書評或散文，以上文章有部分收錄在我的《悟齋書話》（二〇〇六年）、《悟齋讀書錄》（二〇〇八年）和《抗世詩話》（二〇〇九年）三本書中，而《這時代的文學》一書，除了若干選篇，大

部分都是二〇一〇年後未結集的作品。

　　其中，〈鏡游方外獵書藏——紀念林年同先生〉一文寫於林年同逝世二十周年，在緬懷前人、思考他一生探索追尋的文藝以外，一九九〇年暑假到訪林年同藏書室一事，也標誌着我真正求學問道之始。〈在愛荷華大學圖書館尋訪溫健騮詩集〉和〈文學的前景和高度——電影《三生三世聶華苓》〉兩篇文章，寫及二〇一二年九月至十一月到美國愛荷華大學參加「國際寫作計劃」的見聞，提出一些有關文藝倫理的思考。〈香港中文的斷想〉一文是為《聯合文學》二〇一六年二月號的「香港文青最前線」專輯而寫，簡約地總結我對香港中文的想法，並以對未來香港文藝那略顯消沉但已極力壓制的想像，引作本書結語，但如果可以，我更願意以〈活在共同年代的「新人」〉一文中對「新人」的期許作結。

　　〈活在共同年代的「新人」〉作為卷二「方外同途」的首篇，開啟我上文所指一系列問道於同輩文友的文章，該卷當中的〈正常讀者的目錄〉、〈詩的經文性與不可言說〉與〈本源的暫現〉這三篇，評介梁文道、小西和劉偉成三位文友的著述以外，也在文中述及我與三人的友誼，分別始於高中時代和初進社會謀職之時，

如今回想更覺文藝、時代和一點個人情誼，確如〈本源的暫現〉結尾所述，當覺察到本源的失落與不可能的同時，文藝會最終讓本源暫現，其間，「場景挪移，文字更迭，有臉容也有聲音，我認得，那是廢墟中青澀的歌聲，美麗、活潑而殘酷」。

一組文稿由作者到出版社再成為書籍出版，猶如歷經流轉的世情，一本書的誕生實屬不易，當中固有涉及各類工序的運作，但一種意念緣起，結合文藝想像，方是成書關鍵，而忝列「香港散文 12 家」系列其中一本，亦堪為個人紀念。

陳智德

二〇一七年九月

# 目　錄

## 卷二：方外同途

## 卷三：這時代的文學

## 卷四：茶與書

# 卷一：啟悟之源

# 鏡游方外獵書藏
## ——紀念林年同先生

　　一九九〇年暑假末梢，我準備赴台升學之際，一位比我低兩屆、於銀樂隊活動中結識的中學師妹來電，說知道我喜讀中國文學並將赴台入讀中文系，她父親有一套中國文學書籍，可送給我。隔天在地鐵站見面時，我問如此好書，令尊何以割愛呢，她含糊應答然後別過。在車上，我急不及待取書翻閱，是一套五冊、成復旺等撰的《中國文學理論史》，赫見每冊書的扉頁上，都以鋼筆勁秀行體簽上「林年同」一名。

　　林年同先生是電影理論學者，早歲於新亞書院哲學系畢業後，曾進入國泰及長江電影公司，從事電影工作，擔任過編劇和製片，參與編劇的影片包括龍剛執導的《飛女正傳》和楚原執導的《錄音機情殺案》；一九七二年赴意大利攻讀電影理論及美學和美術史，七七年以《新寫實主義的藝術史、評論史、史學史》獲博士學位，返港任教於香港浸會學院，曾參與策劃香港國際電影節的「五十年代粵語片回

顧」及「戰後香港電影回顧」專題；八十年代，他更着力推動早期中國電影的研究，舉辦研討會，發表多篇論文，參與創辦「香港中國電影學會」及其機關刊物《中國電影研究》，一九八五年出版電影評論集《鏡游》，一九九〇年五月十九日以肝癌不治逝世。

除了電影理論，林年同也論及香港文學，評論過戴天、西西和古蒼梧的詩作，一九七九年在《八方文藝叢刊》第一輯發表短文〈香港需要文學評論〉。此外，他的藝術評論也涉獵甚廣，對梅創基、黃奇智、朱德群的畫作、文樓的雕塑以至漫畫理論都有所評論。林年同是關懷面廣的文藝者和學者，其間用功最深的當然還是有關中國電影的研究，他的論文集《鏡游》由香港素葉出版社出版，一九九一年增訂為《中國電影美學》，由台灣允晨文化再版；「鏡游」是林年同提出的研究中國電影美學的觀點，以電影鏡頭形象之「鏡」會通於中國古典道家美學之「游」，以此着力研究一九四九年後的中國電影，討論例子包括鄭君里的《枯木逢春》、《林則徐》和岑範的《紅樓夢》等電影，結合「離合引生」、「神似」等說法，提出「中國電影的美學就是『游』的美學」，創出一種獨到而宏觀的分析方法。

當日師妹交給我一套《中國文學理論史》後，我在車上見扉頁「林年同」的簽名而深感震撼，是因為我透過收集二手文藝書刊，高中時期已在《八方文藝叢刊》、《素葉文

學》、《明報月刊》和《開卷》等刊物讀過林年同的文章和相關訪談，得知他是電影學者，也是一位藏書家，在一九九〇年五六月間的《電影雙周刊》再讀到多篇悼念林年同的文章而得知他病逝的消息，而之前也曾在同學的閒談間知悉師妹之父雅好藏書，卻從不曾把兩者結合來想。

獲書當晚我打電話給師妹問候，她說正與父親的學生一起整理大量藏書，並邀約我同往協助，也順道讓我挑選一些合用的書。我讀過一九八〇年的《開卷》有一篇翁靈文（署「靈文」）撰寫的〈林年同左圖右史〉，那是一系列以「愛書、買書、藏書」為欄目的探訪香港雅好藏書者的記錄文章，記述林年同在大圍隔田村雅致的藏書室。我把文章影印給師妹，一星期後，她帶我前往的正是〈林年同左圖右史〉一文所描述的藏書室：

> 他的書架大部分是一條條約十吋闊五呎長的木板，用三塊紅磚作兩端撐柱，層層上疊，高低自如，遷動便利……
>
> 他的這些書中，有不少是已絕了版但極有資料價值的書籍或圖冊，有些是他購自倫敦、羅馬、佛羅倫斯、科隆、漢堡、米蘭等地的舊書店，有的是在巴黎賽納河畔的舊書攤中無意獲得，新書店中所購的書，無一不是精揀細選，有時因價錢關係擺了

回去，又取了下來，常是搞得囊空如洗才抱持而歸。

　　林年同的藏書室佔一所村屋地面全層，進門放眼所見盡是書架，大廳右側最大空間處，十餘台書架，前前後後全是擺放中外電影書籍，這批珍貴藏書，包括他留學意大利時從當地舊書攤覓得的絕版電影書籍，林年同生前囑咐，盡數捐贈北京電影學院。大廳左側一角及室內三所房間，則擺放中外文史書籍，古典文學有《滄浪詩話》、《詩人玉屑》、《齊東野語》，現代文學有《夜航集》、《何其芳詩稿》、《泥土的歌》等等，另有多種三四十年代原版文學書，而在他工作室中，最珍貴的一部，相信是扉頁留有唐君毅先生簽名、上款題贈給「林國威同學」(林年同本名)、林年同大學時期珍藏至今的唐君毅先生所著、一九六一年香港孟氏教育基金會初版《哲學概論》。

　　書室多座書架，一如翁靈文〈林年同左圖右史〉一文所述，由林年同購置石磚加以長方木板自行砌疊而成。我觸摸厚實而略見石磚剝落沙粒的書架，如見林年同樸實治學的形象。書室書桌和地面一些角落，還零星地放置幾包尚未拆封包裝袋的，從新亞、樂文等書店購回的書籍；是否在他患病最後的日子裏，仍難禁於書店駐足，再換取一刻的歡娛？我可以想見他自浸會學院下課後，乘車到旺角奶路臣街和洗衣街一帶的書店去逛，最後一站應該是洗衣街的新亞書店，

之後沿洗衣街轉入亞皆老街，北行兩個街口到達通往旺角火車站的天橋，再乘火車返回大圍隔田村居所。感念書痴的雅意和他的痴，我願意收斂憂傷，報以會心的笑意：也許，我們也曾經在書店相遇？

這城外小屋陽光和着灰塵
斜斜照進你深藏的書室
反映着陽光是你收藏的書本
把它翻開揚起昔日彷彿
萬千個世界湧動的灰塵

文字夾雜眉批紅筆隨意劃過
是你一直關注的文字、知識
包括筆記詩話結構主義符號學
還有美學電影史學邏輯卞之琳
那兩冊發黃是你大學時代
得唐君毅先生簽名的初版《哲學概論》
幾本五四原版書盛載好幾代的疲憊
如今擱在這裏暫得休歇

該次造訪後數周，我就動身赴台灣升學，翌年寒假回港，一九九一年二月，再造訪林先生藏書室兩次，那時整理

工作已臻裝箱階段，該兩次還有兩三位林先生的學生一起，我們合作展開一個一個紙箱，更重要的工序是入箱前逐本快速翻閱，查看每本書內頁有沒有林先生留下的筆記或文字紙條，如見到則保留作林先生女兒收藏或研究林先生治學歷程之用。林先生讀書治學，時於書頁留下跡記，有時僅用紅筆標注重點，間或有手書闡述引申之語，某些書內字跡甚豐，連跨幾頁的天地位都留有手書，我們發現告知師妹，她每欣然展讀，向我們憶述林先生讀書情境，再珍而重之藏起該書。我偶見合用之文學書，她也再讓我收藏細讀。

當然，絕大部分藏書還是簡單分類後，放入紙箱逐一封存，林年同畢生二萬數千冊電影研究及文史哲藏書，最後依循囑咐，分別捐贈北京電影學院、林年同生前任教的香港浸會學院及女兒就讀的香港培正中學。藏書、散書、再藏書，生命流逝、知識傳遞、生命又延續，我們終將失去一切所有，但或許仍有能夠以至必須流傳的部分，藏書的意義或許如此流動，失去的生命由此婉轉再生。

可以想像你從外面的世界回來
翻開剛買回的書本端詳
是同樣的午後，煦和的陽光滿溢
是這書室容納了不同的知識它們都在這裏
可以進出梭巡眾多界限之內外

這麼多的書總有人要問何時看完
我想知道你是如何應付這類質詢

顯然你也到過那幾處賣舊書的地方
或許我們也曾相遇？
彷彿看見你翻書覓書的神態
想走過去跟你打個招呼
你手捧着好像也是我久尋而未得的書
要離去了麼帶着你最後找到的宗白華
我卻不知可以找到甚麼

書店外的世界已近黃昏正滂沱下着大雨
在這暮春三月帶着外界蕪亂的心情
一輛車駛過，幾個人冒雨走過馬路
濕濡街道愈發顯出城市之失序與無助
在這雨水混和了景物迷亂的季候
是你在最後的日子依舊來去
方外遊心姑且翻撿出一刻可以莞爾的歡愉 [1]

---

1　陳滅〈藏書——紀念林年同先生〉，收錄於陳滅《單聲道》，香港：東岸書店，二〇〇二年。

一九九〇年九月，為紀念林年同先生及以上一段造訪其藏書室的事，我寫了〈藏書──紀念林年同先生〉一詩，九四年再加修訂，以從《鏡游》一書獲得靈感的「游目」為筆名，發表於《素葉文學》第五十四期，再收錄於二〇〇二年出版的詩集《單聲道》；但一直還想寫一篇文章較詳細地記述這事，不意拖延多年。本年五月時值林年同逝世二十年，我決意重讀《鏡游》、《中國電影美學》、《林年同論文集》等書及《八方文藝叢刊》，追憶前事，恭撰本文。

　　一九九〇年十一月出版的《八方文藝叢刊》第十二輯既是該刊最後一期，也有林年同先生紀念專輯，刊登林先生的電影論文、逝世前一個月在病榻上撰寫的長詩〈黃菊詠〉，以及友人和學生的悼念文章。〈黃菊詠〉後來收入盧偉力和黃淑嫻所編的《林年同論文集》作為〈代序〉；林年同早年曾在《中國學生周報》「詩之頁」發表新詩，在那一段最後的日子，他選擇以新詩總結畢生文藝生命，以野生的黃菊花為意象，寄寓他一生所追求的美、所探問的學術、所嚮往的境界：「燈光亮了／曾經是維斯康堤的光和影／是那少年／是那失去的追憶」、「曾經是安東尼奧尼的中國／煙霧中的長江大橋／遠古的國土／沉睡的大地／木偶樂園的戲台」，在一百零三行的長詩中，林年同以近乎剪接的筆法，呈現一個一個藝術生命尋求與探問的情境，淡入又淡出，正視藝術生命的掙扎和流逝，深沉亦復堅穩的語調使我一再動容，最

後他寫道：

> 在這狂熱無理的時刻
> 我找到了宗白華
>
> 世紀末的年代
> 你能往哪裏去？
> 你可以找到甚麼？[2]

　　林年同找到他一生的追求，最後把探問移轉給下一個年代的人們。仍是「狂熱無理的時刻」，也許，更變本加厲地狂熱無理，文藝仍頹唐、資料仍散佚，我應該怎樣給林年同先生回應，我能往哪裏去？我可以找到甚麼？[3]

二〇一〇年五月十九日誌

---

2　林年同〈黃菊詠〉，收錄於盧偉力、黃淑嫻編《林年同論文集》，香港：次文化有限公司，一九九六年。

3　本文原刊二〇一〇年六月十二日《信報》「文化版」，再於二〇一五年五月增訂。

# 重讀《有人》，懷何喪先生

　　餐室一角有人在閱讀，捧着一本書，吸引我注意，書名看不清，但見深啡色的封面，我一眼就認出，是楊牧的詩集《有人》。閱讀不是稀奇，只是我已許久沒遇過讀楊牧的人。上一次是何時？竟要推前到一九八九年五月底，在黃大仙的城市劇場，看一場名為「唯有我永遠面對目前」的裝置及劇場演出。劇場一角，在帳蓬裏有人仿傚絕食的學生，以或坐或臥的姿態，捧着楊牧《有人》一書，誦讀詩作〈有人問我公理和正義的問題〉，那人語音輕淡，有時低沉；時而間斷，糾結在某處，像一個不善表達的人。那是我喜歡的詩，轉化成發自帳蓬的誦讀聲，在當時感覺尤其強烈：

　　　　有人問我公理和正義的問題
　　　　寫在一封縝密工整的信上，從
　　　　外縣市一小鎮寄出，署了
　　　　真實姓名和身份證號碼

　　　　　　　　　　　　　　這時代的文學

那年我剛完成了中六，我就是在中六那年開始看楊牧的，覺得其詩風格是語言深沉、講究形式，但亦平實、少誇張，不用機鋒，而能感人。總體上其題材似與現實較疏離，唯亦有例外，如〈有人問我公理和正義的問題〉。更明顯的又如一九八〇年的〈悲歌為林義雄作〉，這詩最初發表於香港《八方文藝叢刊》第三輯，可能是因為觸及當時敏感的政治事件，而沒有即時在台灣發表，楊牧八〇年以後出版的幾種詩集也沒有收錄這詩，直至一九九四年才重新發表於《聯合文學》。

　　寫〈悲歌為林義雄作〉時的楊牧身在美國，因著一九七九年在台灣發生的連串政治事件，楊牧的回應不只一首〈悲歌為林義雄作〉。楊牧並不如一些人所想像的，只關心個人世界，讀詩集《海岸七疊》及文集《搜索者》，都可以發現在〈悲歌〉之前已有一些「詩的端倪」，只是寫得比較隱晦。如〈西雅圖誌〉一文：「當我們等着，期待着友人的聖誕卡片，冬雨剛剛始飄落的時候，我聽到一些消息。磋商、火把、演講、衝突、逮捕。在西雅圖的子夜，對着遠山以外明亮的北極光，如此思索着，一些消息，從未曾有過的失望感覺，眼淚不能抑止地，湧落等候和期待的面容。」寫〈有人問我公理和正義的問題〉時的楊牧則身在台灣，正於台大客席任教，並在《聯合報》撰寫「交流道」專欄。據《有人》後記所說，寫〈有人問我公理和正義的問題〉那年台灣

經歷一次大規模的選舉，〈有人〉是他對連串社會事件的回應，他先寫了三分之二，復在台大教室，發考卷予學生後，在學生對着考卷奮筆疾書期間把詩的初稿完成，是「一首以他們那一代的心情為主題的詩」。

〈有人問我公理和正義的問題〉和〈悲歌為林義雄作〉講大是大非，談論政治、公理，詩的政治性絕非要宣傳或主張些甚麼，而是感歎純樸、正直的事物和觀念消逝甚至被踐踏：「童年如民歌一般拋棄在地上」，詩歌帶着稜角分明的、抗議的聲音，又不失其平實、少誇張、講形式，不用機鋒，而能感人的藝術風格。是以，我中學時代一位對新詩頗有意見的國文老師讀後，對我說：「這種詩我是懂的。」

他是我中六時的班主任，綽號「何喪」，初中時已聽師兄前輩流傳他的故事：趕到學校附近的桌球室為受欺凌的學生出頭、剛進課室見黑板遺留上一課另一位教師的微積分解題，他看了一會就在黑板寫上另一種更簡明的解法。至如批判主流傳媒、廣告、課文、課本以至學校本身的意識形態謬誤，更是「稀鬆尋常」（他常用的字眼），曾在課堂一邊派發學校的致家長函，一邊批評函件文意不通。他喜愛閱讀，上課時與我們談論哲學、電影、張愛玲、亦舒和外國科幻小說，當然也不乏與課程有關的經子文學，對如何應付公開試也講解甚詳，教學時指出課本上的注釋有誤，着我們把注釋刪去，談論詩詞時，課本不教的平仄和四聲，他也一一指示

方法，就是不太欣賞新詩，說自己「不懂新詩」。

我幾次在周記裏與他討論新詩，「反方向」地向他推介新詩作品，他不喜歡新詩的意向始終頑強。現在回想自己的做法是有點不敬，文學閱讀的趣味更不能勉強，幾次之後我也意識到這一點，承認他不喜歡新詩沒有不對，最後影印〈有人問我公理和正義的問題〉一詩貼在周記頁上，後來他回應道：「楊牧這首詩我讀了，我喜歡，這種詩我是懂的。」

是楊牧的詩掀起他的回憶嗎？他寫了頗長的回覆，我知道老師六十年代就讀於台灣大學中文系，但這時才知道他年輕時已讀過葉珊（楊牧在六十年代使用的筆名）的散文，朋友當中也頗有詩人，他代他們買詩刊，又介紹他們彼此認識，至於詩，他自己卻沒有讀。「每個人手頭上只有一個生命、一點點時間⋯⋯」後來他和我談起六十年代在台大讀書的往事，追憶臺靜農和殷海光先生的風範。

老師的特立獨行和批判精神，教我們認清假象，指示自主的生命情調，予我重大啟蒙，他的文學見解和提出生命的限制，也讓我反思再三。多年以後，我從台灣畢業回港，流蕩多年，輾轉當上教師，在創作課上談論新詩時，明知危險還是按捺不住地拿出〈有人問我公理和正義的問題〉給學生討論，可惜每次反應都是說太長了。如果還有機會，我真想再向老師推薦楊牧的《山風海雨》和《方向歸零》，那暗晦的理念如遠山渺茫，肉眼不見但從未真正消失⋯⋯

# 老大哥蔡炎培

在我中學的傳統裏，稱比自己年長的校友為「師兄」，當中輩分特別高的則稱作「老大哥」，記得師長們會尊稱廣州培正畢業的校友為老大哥；蔡炎培一九五四年在香港培正中學畢業，比我早了三十多年，堪稱為我輩的老大哥了。

初中之年，我參加青年文學獎的徵文而有幸獲獎，曾在頒獎禮上得睹老大哥風範，真正認識是在一九九七年，當時馬家輝在《明報》世紀版編「尋找文化人系列」，其中一篇找我去訪問蔡炎培，於是我致電邀約蔡炎培訪問，還找當時一起編《呼吸詩刊》的樊善標和小西一起，按址到西環《新報》報館拜訪他，再到附近一家飯館進行訪談。

除了其文壇閱歷，我也不禁問起他昔年在培正的見聞。培正雖以理科特別數學著稱，由於重視中文教育，早年也出了多位作家，訪問中他提起當年的同學，藏書家黃俊東、嶺南大學中文系榮休教授陳炳良，在校時已投稿到報社，時維一九五〇年代，陳炳良在《華僑日報》發表舊體詩

詞，黃俊東與友人組織早期的文社「微望社」，蔡炎培則以筆名杜紅及本名，在《星島日報・學生園地》、《中國學生周報》、《人人文學》等等發表詩作。其他在培正畢業的作家，以我所知，還有王敬羲、羊城、淮遠等等。

那次訪問之後我寫成了〈先做人，再做詩人〉一文，發表在九七年七月的《明報》世紀版，後來再收錄於文集《惜齋書話》裏。二千年間我與崑南、葉輝等辦《詩潮》，蔡炎培也多次現身詩會及詩友間的飯局中。他的詩跌宕不羈、情深意闊，所謂文如其人，他的性情及朗讀詩歌的風格，同樣粗中有細，浪漫而沉潛，與他的詩可說一以貫之。

蔡炎培上承三四十年代的何其芳、吳興華以至徐訏的詩歌語言，結合六十年代青年文化的反抗和戲謔，成為通向時代的載體。老大哥的詩作橫跨多個年代，語言形式多變，有時機巧、靈動，亦有時古典、沉潛，形式多自由體，亦有十四行體以至自創的形式，詩意跌宕，於不經意處洞悉世情，以真性情真浪漫的語言觸動人心，創造出風格獨具的境界，令人神往。

由於其跌宕的形式內容，老大哥的詩實不易評說，但並非如其他論者所說的「艱澀難解」。理解蔡炎培詩作，必須撇除一般規範平穩的思維，注意其不拘格套的表意方式，通曉詩語言運作的讀者都不難掌握；真正複雜的，是蔡炎培針砭時代卻不為所限，點染人情而時帶超脫，他對所關注的

對象具深情的投入又製造了距離，來回於詩歌與人間，最終為二者引向真正的超越。

# 鍾期榮校長的譯詩

一

　　樹仁學院創辦人鍾期榮校長是教育家、法律學者，卻很少人知道，她對法國文學，特別法國詩歌也很有研究，譯詩文筆流麗，尤其可觀。鍾校長早年留學法國，修讀法律，也同時涉獵於文學，來港後於學院任教之餘，也從事文學翻譯及評論，出版過從都德的法文小說譯過來的《小東西》，又曾於香港《大學生活》雜誌發表法國文學評論，包括〈論當代法國小說〉、〈法國詩壇演進的我見〉和〈論象徵派的詩〉等文。

　　〈論象徵派的詩〉是長逾二萬字的論文，原刊一九六○年的《大學生活》，後來收入了台北志文出版社出版、由莫渝編譯的《法國十九世紀詩選》。鍾校長的論文詳細介紹十九世紀法國象徵主義詩歌的理論和源流，更在文中翻譯了魏爾倫、藍波、馬拉美、賈蒙、克洛岱爾、梵樂希等人多首

詩歌。

　　比較今天所見的諸種台灣和中國內地譯本，鍾校長當年所譯仍是最佳譯筆，例如藍波著名的〈醉舟〉，有一節內地譯者飛白譯作：「風暴祝福我在大海上蘇醒，／我舞蹈着，比瓶塞子還輕，／在海浪——死者永恒的搖床上／一連十夜，不留戀信號燈的傻眼睛。」鍾校長譯作：「風暴降福我黎明的驚醒，／身輕若塞，我跳躍於群濤／那是被稱為受害者的永無定居客，／十數個夜，無悔憾童眼如燈……」鍾校長的譯筆顯然較佳，亦更具詩意空間，尤其末句「無悔憾童眼如燈」，前者實無法相比。另一節莫渝譯作：

　　　　有位滿臉憂思的小孩，蹲着
　　　　放出脆如五月蝶的小舟。

飛白譯作：

　　　　一個滿心悲傷的小孩蹲在水邊，
　　　　放一隻脆弱得像蝴蝶般的小船。

鍾校長譯作：

一個蹲踞的兒童，充滿憂鬱，放開了
一隻脆弱的船如五月的蝴蝶。

我不諳法文，但據英文譯本「A child squatting full
of sadness, launched/A boat as fragile as a butterfly in
May.」，飛白所譯直如公文，鍾校長與莫渝都保留了跨行句
式，但鍾校長無疑在語感、準確度方面更勝。鍾校長的譯筆
只有戴望舒與覃子豪可與之相比，只可惜她的法文詩翻譯，
未收進任何譯本當中。


二


鍾期榮校長是我最敬仰的教育家，她與其夫胡鴻烈博
士創辦樹仁學院的事跡早已深入民心，這裏無毋庸多言，他
們堅守「資助可以不要，但四年制一定不可退讓」的風骨更
令我神往。巧詞令色充斥世間，他們為其理想實實在在的付
出、犧牲和承擔，在現世真宛似空谷遺音。

鍾校長的法國詩翻譯，特別藍波〈醉舟〉一詩，在多種
內地和台灣譯本中為最優；其譯詩為世所遺忘，而部分所譯
又只見節錄，實在可惜。刊登過鍾校長多篇法國文學評介的
《大學生活》可能不易得見，幸附錄鍾校長〈論象徵派的詩〉
一文的志文出版社「新潮文庫」版《法國十九世紀詩選》，

普遍見於公共圖書館，該書多次再版，少數有售台灣書的書店仍見，有興趣的讀者不難尋獲。

鍾校長〈論象徵派的詩〉一文思維縝密、行文厚實，毫無誇飾浮詞；可以想見，若非投身辦學，鍾校長於文學研究方面當有更大成就。重讀該文令我想起鍾校長為教育而犧牲的不單是健康和個人生活，也包括其發展志趣的空間。放棄有時是妥協，有時份屬無奈，但有少數原是指向更大的堅持。〈論象徵派的詩〉是論文，於我更是罕遇的感悟之源。

猶記一九八九年九月的樹仁學院開學禮上，鍾校長一句「一張文憑的價值不是由學院所給予，而是由持有者所賦予的」，使我銘記至今。我曾在樹仁學院中文系短暫勾留，很快就自行退學，翌年高考也沒認真重考，只一心準備負笈台灣。對於少年時的抉擇，我沒有後悔與否之意，現在想來，無論那選擇如何，後果總會一樣。歷經重重流轉，許多年後我深切體驗到，鍾校長那句話誠為至理，只可惜這令人作嘔的世界並不那麼想。文憑何價？人又何價？我想無數持有這世界認為沒有名氣的學府所頒授證書的學子，即使最初心存疑惑，始終會認同鍾校長的說話，即使是帶着苦笑地。

# 在愛荷華大學圖書館尋訪
# 溫健騮詩集

一九五一年落成啟用的愛荷華大學圖書館主樓，樓高四層，外觀質樸，建築內部有點像香港中文大學本部圖書館舊翼，只是面積再擴大若干。從北門進入即到展覽廳，正進行紀念愛荷華女性檔案室成立二十周年而設立的「到愛荷華的路：愛荷華女性檔案室所藏移民故事」(Pathways to Iowa: Migration Stories from the Iowa Women's Archives)，愛荷華市本就珍視本土人文歷史的保存和研究，市中心的草原之光書店二樓於顯著位置擺放有關愛荷華的文學著作，佔八、九列書架，有關愛荷華歷史的也有四、五列。

因為愛荷華的人文歷史資料已近在咫尺，在我訪尋到心目中的目標資料之先，已瀏覽了不少愛荷華人文歷史，包括女性移民史、女性投票權運動史、愛荷華州鐵路史等等。

至於我的目標資料，是溫健騮兩本英文詩集，收藏在圖書館主樓的閉架書庫裏。溫健騮是一九六八年到愛荷華參加第二屆國際寫作計劃的香港作家，第一屆的香港作家是戴天，第二屆是溫健騮，第三屆是古蒼梧，之後還有張錯、袁則難、何達、舒巷城、夏易等等多人參加過。溫健騮後來留在愛荷華大學進修，一九七〇年取得 MFA（Master of Fine Arts）學位，其後再赴康奈爾大學修讀博士學位，直至一九七四年因健康問題回港，曾任今日世界出版社編輯，再任教於香港大學，一九七五年參與創辦《文學與美術》雜誌，至一九七六年不幸以癌症逝世。

在香港讀中學時已愛好文藝的溫健騮，一九六〇年到台灣求學，就讀於國立政治大學外交系，雖然家人意願是想他當個外交家，但溫健騮卻沉浸於文學，他在政大選修余光中的英詩選讀課，不論在課業或創作上均受余光中賞識，後來其詩作選入余光中撰寫序言的《中國現代文學大系·詩》，溫健騮其後亦自言早年很受余光中的影響。溫健騮留美六年，適值海外的保釣運動和美國本土的學生運動風起雲湧，對溫健騮有重大衝擊，他既積極參與海外的保釣運動，也理解美國學生的反越戰運動，思想愈發激盪而前進，他否定自己前一階段的創作，轉向寫實主義文學。

一九七二年，溫健騮在香港《中國學生周報》先後發表〈批判寫實主義是香港文學的出路〉及〈還是批判的寫實

主義的大旗〉二文，提倡鮮明的「批判的寫實主義」主張，他談及六七十年代香港的勞苦大眾和被壓迫者的境況，種種社會問題須透過「深刻概括的寫實的呈現而予以批判」。溫健騮的文學思想回應也承接因應保釣運動所掀起的反殖、反美和民族主義思潮，參與建構時代共名；但換另一角度來看，他也忽略了七十年代香港作家萌發營造的本土意識，只把「出路」指向當時中國大陸的社會主義文藝，是過於簡化的想法。其間的問題本不是現代主義對寫實主義或民族意識對本土意識的二元對立思維可以解釋，仍有待進一步思辨。

溫健騮逝世後，由古蒼梧和黃繼持所編之《溫健騮卷》收錄了他大部分詩文，一九八七年由香港三聯書店出版，列入「香港文叢」之一。編輯詩歌部分的古蒼梧提及溫健騮曾在美國出版兩本英文詩集，二書在香港各大圖書館皆沒有收藏，我一直未曾得閱，雖然知道兩本英文詩集中的詩，應該已全部或大部分由溫健騮以中文發表過，並都收進了《溫健騮卷》；但我還是很想翻閱一下，今年二月得知由何鴻毅家族基金所成立的評選委員會，提名我作為本年度的愛荷華大學國際寫作計劃香港作家，便想起可到愛荷華大學圖書館訪尋溫健騮的英文詩集。

我把書名和索書號抄在字條上，遞給圖書館職員，說明是藏在閉架書庫裏的書，約十五分鐘後，職員取出二書給我借出。一本是《苦綠集》(*A Collection of Bitter*

Green），溫健騮一九七〇年提交的碩士論文，打字機排字影印硬皮精裝，收錄四十一首詩，共五十七頁；另一本是《象牙街》（*The Ivory Street*），一九七一年由美國愛荷華市的 Golden Scissors Press 出版，鉛字排印本，收錄十首詩，共十二頁，扉頁蓋有一方朱文「溫健騮」篆印；後者是前者的精選，相當於《溫健騮卷》中的〈長安行〉、〈竹話〉、〈銅駝悲〉、〈致阿保里奈〉、〈火之死〉、〈烏溪沙的白夜〉等詩。這兩本詩集所收的仍是溫健騮的現代主義時期作品，用他後來批判自己作品的術語來說，即是比較「唯心」或「蒼白」的時期，然而他的語言靈動，情感綿密，至今依然耐讀，即使是他後期的寫實主義詩作如〈一個越戰美軍的對話〉，使作品耐讀的其實也是當中與批判概念結合的詩語言，回頭豐富了批判概念的可塑性。

愛荷華大學圖書館的特藏部存有不少中國作家書信和手稿資料，有原件也有複印本，包括了中國大陸、台灣和香港作家如丁玲、徐遲、王蒙、殘雪、張錯、鍾曉陽等等，但未見六十年代到愛荷華的香港作家資料，大概當時不及保存，我有請教過主管愛荷華大學圖書館中文部的田民先生，他也說有關溫健騮的資料就是該兩本詩集了。我想，找到這兩本詩集也滿足了，至於有關溫健騮的書信和研究資料，古蒼梧和黃繼持所編的《溫健騮卷》已編錄許多，雖然，《溫健騮卷》這本書，因為出版市場和流通存放等原因，本身也

成了需要訪尋的對象，溫健騮和他那一輩香港作家，就像結業的書店被人遺忘，葉落不留痕跡。我們真的很不容易，才可以找到心目中的香港文學資料。

# 書衣的詩篇
## ——《雷聲與蟬鳴》

　　通訊、書寫、視聽和閱讀愈趨電子化，信紙、稿紙、菲林早已深深藏匿，但倘若現代文明遭受自然災變更大威脅，在沒有電力的日子裏，我們大概會更珍惜前代文明留給我們的書刊文化，至少白天時可以閱讀，寒夜之際可當作燃料。書刊文化之所以綿延流傳多個世紀，自有它不辯自明的原因。

　　電子化當然有無盡方便的好處，文字不一定必須印出才可閱讀，由此，實體書刊也日益標示本身精緻形式的必要性，它不單靠盛載文字或圖像而存在，它更應標示本身的藝術形式、一種無可取代的實在的書刊文化而繼續流傳。

　　書刊藝術形式最顯而易見的是它的裝幀設計，包括封面、內文版式、用紙、裝釘和印刷方式的設計安排等。中國現代書刊於二十世紀初逐漸改變木刻線裝的固有模式，改用西式書刊印刷的裝幀方法，五四運動後出版的新式書刊，已絕大部分改用現代裝幀，許多都經過美術家精心設計，著者

這時代的文學

如陶元慶和錢君匋，而不少作家如豐子愷、魯迅、葉靈鳳等亦參與設計以至繪製過書刊封面。

六七十年代的香港、八九十年代的中國內地，曾大規模地重印或重排五四時期（或稱民國時期）的文學書刊，內文有的據原版影印，有的重新植字排印（在內地而言則改用簡體字橫排），封面大都改用出版社另行設計的書名圖樣，但是五四時期文學書刊的封面具獨特而精緻的設計，重排的新版書大多遠遜於前人；幸亦有少數以原版影印，即以稱為「復刻」的方式，把原書的封面和內文照原樣影印，原書封面的圖樣色彩全部保留，例如六七十年代香港的新藝出版社重印《魯迅三十年集》單行本，八十年代內地的上海書店「中國現代文學史參考資料」系列圖書等。

不論重排本或影印本（復刻本），至少它們讓絕版多時的文學書得以再度流通，方便新時代的讀者認識五四文學，亦為研究者提供方便；而影印本（復刻本）保存舊籍原本風味，更為難得。由於五四文學的重排本和影印本數量和種類相當繁多，在現代文學的版本學上也成了獨特一環，而與現代中國文學相應的台灣文學和香港文學當中，台灣在九十年代以後也大量重印了日治時期以至五六十年代的文學經典，只有香港文學，由於歷史原因還有路人皆知的市場原因、經濟原因，很少重印本土的文學書刊，讀者、學生尋書不易或根本無從得知前人的心血。

當然香港文學也出版了不少選本，尤以小說選為多，但只有為數不多的作家，如劉以鬯、舒巷城、侶倫、徐訏、徐速、黃谷柳、曹聚仁、崑南、西西、也斯，其部分絕版多時的舊作得以重排再版，而更講究地以影印復刻方式再版者幾乎絕無僅有，當然也不可能奢求，可重排再版已非常難得。在近年的書肆中，可找到不少劉以鬯、舒巷城和也斯的重排舊作，其中也斯在二○○二至○三年間，曾由香港牛津大學出版社重排《剪紙》、《養龍人師門》等絕版舊作，今年再由文化工房重排《雷聲與蟬鳴》，這次的重排有點不同，除了功能上讓絕版舊作再度流傳，該書的編者和設計者還以「復刻文學」的概念，以格外精緻的裝幀設計，向一個年代的文學致意，與原版作跨時代對話。

　　《雷聲與蟬鳴》原屬七十年代產物，是也斯首本詩集，一九七八年由大拇指半月刊初版，由劉佩儀（即劉掬色）作封面，駱笑平作內頁插圖。書內字體灰度不一的印色、高度略顯斑駁的版式、裝釘接口留有「雷聲／反」和「雷聲／正」的手寫影印文，都一一散發七十年代書刊印刷的氛圍。也斯以洗盡陳言的句子描寫香港、澳門、廣州和台灣，也記錄藝術和生活思考，由於洗盡陳言，也反轉了時人對詩歌的預期，被指為「攝影機般的詩」；如果拋開對新詩語言的固有想法，細讀其詩句，「在這些新揚起的聲音中保持自己的聲音」，其沉實的敘述中，具有明確態度，「有時我走到山邊

看石／學習像石一般堅硬」，表面冷靜的語言之間，實潛藏了個人的沉鬱、壓抑，也潛流着對社會的反抗和憤懣。

一九八八年春天，我在下課回家的途中，在旺角染布房街專賣二手書刊的復興書店覓得《雷聲與蟬鳴》，扉頁還有也斯題贈友人的簽名。〈北角汽車渡海碼頭〉、〈寒夜，電車廠〉、〈拆建中的摩囉街〉、〈大三巴牌坊〉、〈海邊，造船廠旁〉、〈關閘〉等詩成為我追溯童年香港和澳門印象的重要泉源，詩中呈現的真幻交織影像、隨時失卻的情感、虛弱的現實，更是我從未讀過的描述香港的語言。卷末「浮苔」一輯的〈花燈〉、〈送唐娜與唐納〉、〈還差幾哩路才到新年〉等詩記錄七十年代青年的生活思考，他們的追尋、懷疑和失落，混和了其共同社群的鮮活情志，與詩集斑駁版式的氣氛，一同成為餘韻綿延的詩歌，以及我個人在中學後期的成長伴隨物。

二〇〇九年，《雷聲與蟬鳴》重排再版，由江康泉和智海任書籍設計，以超現實和大量留白的插畫回應沉鬱、壓抑而洗盡陳言的詩句，內頁選用很少用於書籍印刷的一面平滑反光、另一面粗糙不反光的廣告紙，回應了原書既有的斑駁氣氛，重排本《雷聲與蟬鳴》在精緻化的同時，也帶出一點抒情效果，由此超越了原版書與重排本的不同時代版本關係或流傳功能，也超越了「世代論」的比較和對立，成為具有溝通不同時代作用的詩歌盛載物。書衣，書的形式外表，也

有其詩歌語言。「時候已經晚了／人們現在怎樣」，我等待
這樣的詩句、這樣的書籍，還可以超越纏繞，婉轉再生，
「在這很晚很晚／人們都離去了的時候」。

# 舒巷城舊著原版漫話

## 一、《艱苦的行程》

　　舒巷城舊著原版書，我收藏了幾本，左下角殘損的《霧香港》充滿時代創傷之感，另一本內容更創傷的《艱苦的行程》卻保持完好。一九七〇至七一年間，舒巷城以「邱江海」筆名於《七十年代》月刊連載講述抗戰故事的《艱苦的行程》，七一年底由《七十年代》雜誌社出版單行本，附多幀版畫插圖。

　　我是九七年間在舊書店遇見此書，上手主人用透明膠紙包妥封面封底，故歷二十多年再流轉於書市依然毫髮無損。書的扉頁有上手主人簽名，署購書日期為一九七二年，書的中間，第六章起首處還夾有一張繡上朱紅色線的毛語錄書籤，顯見上手主人是位惜書人，而且思想前進。

　　讀這樣的書除了書的內容本身，更如同與另一位惜書人神交：原來你也喜讀舒巷城作品嗎？是的，尤其書的這

一章。《艱苦的行程》是一篇自傳體小說，作者從一九四一年香港淪陷的前夕講起，再敘述日軍入城之後，他如何燒書焚稿，告別家人，與友人經九龍馬頭角步行往西貢，在抗日游擊隊的秘密聯絡站稍歇後，為躲避日軍而經陸路到另一港灣，再乘小艇返回內地，輾轉到達桂林，歷「湘桂大撤退」，再到廣西和貴陽，記錄途中所見戰火下的民情及作者的思考。

《艱苦的行程》具抗戰時期顛簸生活的寫實描述，而同時具美麗的想像，令人觸動的是舒巷城純良的目光，越過政治和現實的種種混濁，注目於廣大人群，使當中的寫實也充滿着生命的期望。我覺得，這感覺很像我記憶中的上一年代人們的印象。

本書貫徹舒巷城的寫實精神，書內的版畫插圖更活現文字實感。一九九九年，花千樹出版社重排再版這書，二〇〇九年再出版紀念版，新增圖片、詩作和手跡，讓這書繼續流傳；當然在我而言，初版原書的價值是無可所代的，而有幸與惜書人神交，又何嘗不是另一種寫實。


二、《都市詩鈔》


舒巷城的詩集《都市詩鈔》一九七三年由「七十年代月刊社」列為「戈壁叢書」出版，窄身小開本，封面素淡，

翻開內頁看到自己以前留下的購置日期：九三年九月一日。

七○至七三年間，舒巷城曾以「石流金」為筆名，在《七十年代》月刊發表詩作，後來結集為這本《都市詩鈔》，內容反映都市現實，筆法寫實而具批判性。如上所述，我遇見此書是在一九九三年，但當時在《香港文學》、《詩雙月刊》等刊物上，已讀到不少舒巷城的詩作，感覺與《都市詩鈔》當中的很不同。我想，《都市詩鈔》除了寫實和批判，還連帶一點七十年代的時代氣氛，而到了九十年代，那種時代氣氛已變得頗渺茫。

但時代的確是相當詭譎的，七十年代所孕育、擴展的對主流商業價值的批判、對低下層民眾、弱勢社群的關懷和同命感，際此廿一世紀一十年代又重新顯得迫切而具新的感染力。重讀《都市詩鈔》，你會詫異於時代的變幻，像轉了一個彎，昔日所必需的都市批判又重新為新的時代所呼喚，由此，舒巷城《都市詩鈔》仍呼應着新的時代呼聲，助我們看穿這城市如何扭曲了人性和存在價值。

《都市詩鈔》沒有過時，它當然也有過於直露的表達，其寫實筆法也許還可再多加修訂，但它銳利的目光依然如炬，並呼喚着人性和理念。也許，它所批判的時代，也正需要這一種揭露幻象、反思自身的聲音。

# 徐訏的香港時間

　　書與人，有時也講求遇合或所謂緣分，喜歡一本書，多數沒有很理性的因由。自中學時代喜歡讀詩、寫詩，我現在回想，作為讀慣了台灣的楊牧、商禽、瘂弦、香港的蔡炎培、也斯、飲江，以至五四時代的戴望舒、馮至、卞之琳的讀者，應該對徐訏那些幾乎每首都採用四句一節、隔句押韻的新月派遺風新詩無多大興趣？徐訏早年出版的《進香集》、《待綠集》，以及移居香港後出版的《時間的去處》，形式上變化不大；初中時，我讀過中國語文課本上的〈秋郊遙望〉一詩，是徐訏寫於上海時期的作品，的確興趣不大，然而，由我在舊書店看到《時間的去處》一書開始，我好像重新發現了一位值得心儀的真正詩人，以至重新讀遍他的詩和許多小說，着力收集他的著作，感應他的文學思想如接通電波。

　　《時間的去處》獨特的封面也有別於徐訏其他著作，可能，最初是書的設計吸引了我，但最重要的，是詩集中流露

對香港的厭倦、對理想的幻滅、對時局的憤怒教我真正着迷。作為八九十年代在香港成長的一代，我從中學時期自發閱讀香港文學作品尋求對這城市的正面認同，卻愈發認清，負面描述的關鍵。

對現實疏離，形同放棄，皆因被投放於錯誤的時空，徐訏的心情可以理解，實在也是我們上一代人的共同處境。徐訏被錯置於香港，卻造就出《時間的去處》這樣近乎形而上地談論着厭倦和幻滅的詩集，換另一角度看，形式保守的詩句，讀來有如波特萊爾《惡之華》的頹廢，我們無法否認，這也是一種美。

# 在香港讀陳映真

　　陳映真的小說，關涉台灣社會、歷史和文化場景，以至部分小說人物回憶中的中國圖像，除了現實批判，總體上還牽涉文學與社會的扣連，在文學藝術的層面上，陳映真小說的可讀性，更在於提出社會關懷的同時，從沒有放棄藝術境界的追求，小說中的批判意識亦非教條式，「華盛頓大樓」系列所論及的資本主義跨國經濟下人性扭曲、本土文化與人文精神流失等問題，於今仍然存在，文學不是請客吃飯，不會即時改變社會，陳映真小說的價值正不止於提出批判，文學性的表現技巧免於簡化和濫情，內斂的小說語言，更顯出作者正視問題的複雜性，不提供單一的出路，而是引向同情和醒悟，陳映真小說出於左翼文學批判現實的信念，終極關懷則歸結於整個人文環境的生成。

　　正如陳映真及其小說之於香港，是我輩對台灣文化認知的重要部分，至少是當中比較稜角分明的一支，陳映真小說的意義已不能單從小說中尋，而在香港「讀陳映真」的意

義，至少部分與六十年代以來香港文學及有關討論相涉。陳映真小說的意義，劉紹銘、葉維廉等學者早具詳論；在香港讀陳映真，黃繼持和也斯在八十年代亦有專文評說，[4] 然而在閱讀經驗一再斷裂的年代，要進一步闡述在香港讀陳映真的意義，無法不從頭說起。

曾有一段長時期，台、港兩地文學有過密切交流，陳映真一九五九年開始在台灣的《筆匯》發表第一篇小說，六十年代初，在《筆匯》和《現代文學》陸續發表更多作品，那時香港的文學愛好者已透過台灣刊物留意到陳映真的小說，當崑南與李英豪等人創辦《好望角》時，已透過陳映真友人向他約稿，就在一九六三年的創刊號上發表了小說〈哦！蘇姍娜〉。陳映真參與創辦的《文學季刊》，也刊登香港作者包括戴天、溫健騮、也斯的作品，一九七二年，也斯與友人創辦《四季》，創刊號發表陳映真的〈累累〉，同年由劉紹銘主編的《陳映真選集》在香港出版，收入小說及評論，卷首並有劉紹銘的評介，當時陳映真在獄中已五年，〈哦！蘇姍娜〉及〈累累〉都是先在香港發表，逾數年再刊於台灣，七二年香港小草叢刊版《陳映真選集》是當時市面

<hr />

4　參黃繼持〈在現代中國文學脈絡中重讀陳映真作品〉，黃繼持《魯迅‧陳映真‧朱光潛》（香港：牛津大學出版社，二〇〇二年）及也斯〈陳映真與香港〉，羅貴祥編《觀景窗》（香港：青文書屋，一九九八年）。

唯一結集，直至七五年陳映真出獄後，才在台灣出版《將軍族》和《第一件差事》兩本小說集。七八年陳映真接受香港《羅盤》詩刊訪問，並在《大拇指》發表小說〈夜行貨車〉，同時刊登戴天〈「夜行貨車」印象〉一文，稍後《大拇指》再辦了一個「解剖〈夜行貨車〉」小輯，由多位年輕作者發表評論。八〇年《八方》第二及三輯發表陳映真三篇小說，包括「華盛頓大樓」系列之〈雲〉，八二年劉以鬯把《唐倩的喜劇》編入「中國新文學叢書」系列出版，八三年《快報》連載長篇小說《萬帝商君》，同年《破土》第二期有作者指「在香港的大學生底心中，陳映真是當下的一個巨人」，[5] 是期《破土》並轉載陳映真談蘇聯作家索忍尼辛的文章。

七八十年代的香港讀者，對陳映真不會陌生，當時香港經過了激烈的現代詩論爭，也有作者提倡「批判的寫實主義」，以至較溫和的「文學從生活出發」等主張，但具體可資借鑑的作品不多。陳映真一九六五年為自己的讀書組翻譯《共產黨宣言》，同年寫作風格漸轉向社會現實，六八年以政治異見繫獄七年，但從未放棄左翼文學的信念，特別〈山路〉系列幾篇，寫出左翼理想主義者的人性和操守，其立體性的刻劃不亞於三十年代中國左翼文學的相關描述，

---

5　洛梵〈孔雀羽毛──陳映真的生活相〉，《破土》第二期，一九八三年五月。

更遠超同時期內地主題先行的作品。〈山路〉系列最後歸結現實主義以至革命文學的主題,正是七八十年代香港文學的重要思索點。七四年也斯及其友人改編〈第一件差事〉為話劇、七九年致群劇社改編〈夜行貨車〉、八三年新青學社改編〈雲〉上演,他們選擇陳映真,相信並非偶然,陳映真小說的場景是台灣,但小說背後指向對「寫實」以至文學與社會等論題的思考,也是當時香港作者關心的問題。

在文學層面以外,八三年方育平完成了《元洲仔之歌》、《父子情》等作品後,再拍攝半紀實的《半邊人》,當中有一段戲中戲,由劇中的電影文化中心學員以話劇演出《將軍族》。《將軍族》除了呼應《半邊人》的故事,方育平選擇陳映真,相信有如在《元洲仔之歌》末段安排外籍遊客的獵奇式拍攝角度,《將軍族》在故事性的呼應以外,也為《半邊人》這半紀實的電影引入有關寫實的思考。

八七年香港文學藝術協會邀請陳映真來港,分別在浸會學院大專會堂及香港大學發表演講,講稿及記者會答問記錄都刊登在《八方》,同年陳映真的新作《趙南棟》亦於《博益月刊》連載。在大專會堂的演講〈四十年來的台灣文藝思潮〉,結合歷史、社會、文化思潮背景討論文學,要點在提出了一種解釋、敘述文學史的模式,特別是以冷戰模式討論五六十年代的台灣文學,引發最多回應。陳映真亦提到當年在現代主義文藝方面,台灣作者由於閱讀西語的障礙,

得力於香港作者的譯介，由此出發接引兩地文藝的交流；當然這說法的重點在強調台、港文學的關係，卻未有說明台、港現代主義文學的重要區分。香港引介現代主義文學的原由不只是外語能力佳，更大因素是對三四十年代現代派文藝的繼承，西語書刊固不難得見，坊間的民國原版新文學書籍亦未曾斷絕，書商翻印使它們更廣為流通。從《文藝新潮》的作者李維陵、楊際光、馬朗、劉以鬯以至稍後的崑南、葉維廉、蔡炎培等人的創作或評論中，同時可見西方現代主義文學和中國三四十年代現代派文藝的承接、調整和轉化。

　　陳映真在演說末段呼籲香港知識份子檢視戰後四十年香港文化的發展，及後引發眾多迴響，在《八方》及其他報刊發表評論的作者包括黃繼持、古蒼梧、也斯、馮偉才、陳清僑等等，承接當時熱烈討論的餘波，八八年港大再辦了一次陳映真文學研討會。[6] 讀陳映真的意義，可能尚不止於文學方面，陳映真的演說從五十年代談到八十年代為止，最後談到台灣的人文思想雜誌，包括《人間》、《文星》和《當代》，如何參與整個人文環境的構成，在港大的演講〈大眾傳播和民眾傳播〉再詳論大眾傳播及辦《人間》的經驗，陳映真特別提到自己一手創辦的《人間》，在香港也有一定銷

---

6　　該研討會名為「陳映真的文學與文化評論」，香港大學亞洲研究中心主辦，一九八八年八月舉行。

量。我記得在八十年代後期，一些香港報紙也增設了人文社會性的副刊，包括《新報》的「社會實錄」、《星島晚報》的「星期日雜誌」等，當中，《新報》「社會實錄」周刊尤見《人間》的影子。

《人間》時期的陳映真，其實已結合了文學家、傳媒工作者及出版人的身份，《人間》強調從「弱小者立場」看社會問題，類近於今天所說的關注弱勢社群，陳映真的前瞻性眼光當然值得敬佩，但更關鍵原因還是基於長期的文學素養和人文精神。由於陳映真的人文精神及對文學的尊重，讀陳映真的小說，無論是昔日深具社會關懷與現實批判的作品，還是近年更自覺小說藝術性的新作《忠孝公園》，都讓我們更能看清，關鍵的不是寫實派或現代派、學院或非學院、通俗或嚴肅的問題，正如陳映真指「文學問題基本上應是在文學的範圍裏面解決」、「第一要緊的是你必須在藝術上站得住腳」，[7] 讀過陳映真的小說，比較其他寫法，很容易看穿教條式寫實的貧乏，同樣明白純粹個人感興的限制。在香港讀陳映真，更讓我們無法不思考香港的文學經驗，香港像陳映真這樣抱持左翼文學信念，同時具人文精神、平衡社會關懷與藝術追求的小說家，大概不多，但我們不一定要在香

---

7　這是陳映真在記者會上的答問，見〈陳映真答香港記者問〉，《八方》第六輯，一九八七年八月。

港找一個與陳映真一樣的作者，因此欣賞舒巷城《太陽下山了》、顏純鈎《天譴》、鄧阿藍《一首低沉的民歌》，同樣可以欣賞西西《我城》、也斯《剪紙》、鍾玲玲《玫瑰念珠》，像台灣同樣可以有七等生、王文興、楊牧等等不特別強調社會關懷但依然優秀的作家。

　　文學與社會的關係本是多樣，批判式寫實主義的「反映現實」做法只是其中一端，左翼文學與其作為題材上的分類、所認同人物是否無產階級或低層人民的分類，毋寧説是態度上的分類，或特定指向文學作品對世界及不合理社會制度的批判。三十年代中國左翼作家提出文學大眾化的要求本身，可説是基於針對保守作風、帶來新思維及挑戰；至如今，大眾化的要求距原初已甚遠，今天順從大眾化的走向，已無批判可言，更與挑戰主流的初衷背道而馳，讓人走向對商業宰制順從、失去省察力的路。香港文化界早已經歷有關寫實與現代、學院與非學院、通俗與嚴肅等問題的反覆討論，也初步檢視過戰後香港文學史的發展，以及文學書刊長年面對的「市場」和生存空間困境，在香港讀陳映真的意義，最終或可讓我們超越個別作家的得失以至二元對立的思維，歸結於文學與社會的複雜關係、文學作品批判性的本質，以及更基本的整個人文環境的生成。

# 《文藝新潮》的靈光

　　我中學時代在書店讀到馬朗的詩集《焚琴的浪子》，約只七十多頁的薄薄一冊，卻被那激盪而又深沉內歛的氣魄攝住，馬朗筆下那往復縈迴的時代呼喚既遠且近，既有總題為「獻給中國的戰鬥者」的〈焚琴的浪子〉和〈國殤祭〉兩首長詩，細寫身處國共內戰晚期的知識份子內心掙扎，也有寫馬朗來到香港後，以〈沙田一瞥〉和〈北角之夜〉等詩呈現經驗斷裂、記憶錯置的迷亂和醒悟；內容主題關涉個人與時代，加上馬朗所使用的語言風格，接近我同時如饑似渴地追讀的辛笛、穆旦等三四十年代現代派詩人的風格，具深沉的感染力，我慶幸知道，那一代人的語言沒有在一九四九年後真正斷裂，而是在五十年代播遷到台灣和香港。

　　我初讀到《焚琴的浪子》時是八十年代中，那時中國內地已出版了《九葉集》，稍後再有香港出版的《八葉集》，辛笛和穆旦等九位前代詩人被冠以「九葉派」之名重新受到重視，香港的詩刊如《詩風》也組織過「九葉詩人」專輯介

紹，讓讀者知道中國改革開放後，許多一度被禁止寫作的現代派詩人又重新活躍起來，辛笛出版了新詩集，開放的氣氛令人鼓舞。

回溯歷史，更覺五十年代一輩在台、港兩地延續現代派文學的可貴。在那艱難的年代裏，無論物質、精神生活、政治氣候、前景各方面都非常嚴峻，抗衡的聲音得來不易，一九五六年，馬朗在香港創辦《文藝新潮》，創刊號的發刊辭提出「為甚麼這是禁果？為甚麼要遮住我們的眼睛？……我們處身在一個史無前例的悲劇階段，新的黑暗時代正在降臨」。針對的是五十年代中國內地主流文論，視現代派文學為「落後的小資產階級」筆下的「反動逆流」、「毒草」而全面打壓，作家不是被噤聲就是被批鬥，而五十年代的台灣因恐共防共而彌漫白色恐怖之風，當時香港文壇亦因恐共而趨於保守，馬朗後來在一次訪問中提到當時文壇的保守甚至「開倒車回到『新月』時代以前」，也提到「受到政治勢力的影響，我們的視聽都被矇蔽多時」，馬朗創辦《文藝新潮》，就是以現代主義文學抗衡該時代的保守氣氛。

《文藝新潮》的具體做法是譯介最新的歐美文學，也回顧三四十年代的師陀、沈從文等當時已被噤聲停筆的作家，同時刊發台、港的最新文學創作，既有台灣的著名詩人紀弦和林亨泰，也刊登本地青年詩人崑南後來被視為香港新詩經典的〈布爾喬亞之歌〉、〈賣夢的人〉等作，當然還有徐

訏、劉以鬯、李維陵、葉維廉的多篇佳作。《文藝新潮》辦至一九五九年的第十五期停刊，但其間對台灣和香港文壇有重要影響，當時《文藝新潮》未能在台灣正式發行，卻以手鈔本方式在讀者圈子間流傳，《文藝新潮》停辦後，崑南與友人先後再辦《新思潮》和《好望角》，多少延續了《文藝新潮》的方向。

文藝的力量，有一些影響不是即時的，也斯為馬朗詩集《焚琴的浪子》所寫的長篇序文中，提到他年輕時，大約是一九六三年，如何在北角的路邊舊書攤發現《文藝新潮》，他之前從未讀過這刊物，很驚訝地知道五十年代的香港已有如此前衛的文藝。他其後再於九龍的廟街見到幾套《文藝新潮》，全數買下再分送朋友，也斯一九七五年在香港中文大學的「校外課程部」開設「三十年來香港文學」課程，再影印《文藝新潮》內容作為教材。余生也晚，未能在七十年代認識也斯，但有幸在一九九五年香港藝術中心的「香港文化」課程上，首次聽也斯的課，他也提到《文藝新潮》，並影印了李維陵和崑南的作品與我們討論。

當時我經常逛舊書店，幾年來在港、九各地舊書店不時遇見舊刊物，但從未見過《文藝新潮》，可能當年流通量不多，散出的人更少。我只透過馬朗詩集《焚琴的浪子》及也斯和其他前輩作家的介紹而得知《文藝新潮》，我視它為難得一見的珍貴史料，很渴望能一睹原物。兩年後，我成為

嶺南大學中文系碩士研究生，申請得聯校圖書證後，第一時間渡海往香港大學孔安道紀念圖書館的香港特藏，有點緊張又強作平靜地向圖書館員遞上索閱紙，終於得閱《文藝新潮》實物而無比振奮，感到無數文藝靈光流傳我身心，瞬間閃逝，該刊比我已知的部分內容還要豐盛，我悟得了文藝的抗衡和時代呼聲，以及那發刊辭「我們處身在一個史無前例的悲劇階段，新的黑暗時代正在降臨」在那時代的真正意味。個人的感悟微不足道，重要是香港文藝對時代的抗衡和創建，也是一道招引承續的靈光，我輩何忍任其消隱暗淡。

# 讀寫楊德昌
## ——從電影到詩的紀念

一

第一次看楊德昌《牯嶺街少年殺人事件》，在香港。在電影尾段，播放至小四（張震飾）之姊向小四傳教並勸他與牧師相見這場景，影院內觀眾群起噓聲，表達了觀影的投入，也是一種理解電影的表現：觀眾以此噓聲，對導演借小四之姊的傳教套語來批評主流話語的處理，表示共鳴。

第二次再看《牯嶺街少年殺人事件》，在台灣。播放至該段和小四之姊在教堂詩班行列唱詩落淚一段，有個別觀眾發出了幾聲冷笑，顯示了台、港觀眾對該段落共有的共鳴，但似乎投入程度略見差異，我想，是否這種對宗教套語的批評，香港觀眾有更大的共鳴？宗教本身當然無錯，電影對小四之姊唱詩落淚一段的處理，其實是正面的，只是一些不得不如此的思維，以套語曲解了激進。小四之姊在小四因殺人而入獄前，已屢勸小四接受宗教的救贖，然而對抗爭者小四

而言，宗教只是一種收編，套語更無助溝通，當姊姊說以傳教套語，又說要介紹牧師給小四認識，小四只反問她可有讀過《戰爭與和平》。小四的結局，是一種對世界、時代、政治以至市場的抗爭，亦正是我們目前無法達到的高度。

因感念《牯嶺街少年殺人事件》予我的共鳴，一九九四年我從台灣畢業回港之前，特地再到台北牯嶺街走了一趟，影片中的舊書攤夜市當然無存，但南海路的建國中學和美國文化中心仍在，兩者俱位於牯嶺街附近一帶。美國文化中心原稱美國駐台新聞處，一九七一年中華人民共和國加入聯合國後，該處撤離台灣，改稱為美國文化中心，電影《牯嶺街少年殺人事件》劇情所據的真實事件即肇始於一九六一年的美國新聞處門外。

九四年當我獨訪牯嶺街，時維暑假，建中人影杳然，但校門大開，仍有零星學生活動。久慕建國中學之名，我懷着恭謹信步走進校內，認出曾見於電影的「景點」，在那迴廊和拱形通道上留連了一會、等候了一會。小四是建中夜間部學生，大概不會在日間出現吧。

至於電影中的六十年代舊書攤，售賣許多從中國大陸遷台的「軍公教」人員散出的書刊，有舊版章回小說，也有五四和三十年代文藝書刊，後者有好些在台灣已成了禁書；我總想像電影中的小四從書攤撿到一些三十年代文藝書刊，也許是他日後與世界扞格的來源。書蟲小四躲進狹小的壁櫃

內，夜裏以手電筒閱讀和寫日記，正與他深夜潛入學校以手電筒搜索的行為一致吧。牯嶺街舊書攤，日後遷進了台北八德路口光華橋下的光華商場，有如香港九龍深水埗黃金商場或高登商場的格局，卻全是賣舊書的店，大部分凌亂如書山，我很困難才得從大批教考試書、通俗心理、濫情文藝中，找得一二可讀之書，卻又正是已絕版多時的佳作。

就在那初看、重看和兩地經驗的對照中，我寫下了〈重看《牯嶺街少年殺人事件》〉一詩，引用聞一多、何其芳和辛笛的詩句，想像那來自文藝的抗爭能量，九三年以從林年同《鏡游》一書獲得靈感的「游目」為筆名，發表於《越界》第五十八期。

## 二

第三次再看《牯嶺街少年殺人事件》，已是影碟氾濫的二千年，再重看是因為看了楊德昌當時的新作《一一》，覺得許多影像和感覺，都與《牯嶺街少年殺人事件》相連，三代人面對不同問題，由吳念真飾演的主角簡南峻（NJ），好像正代表了六十年代青年，來到九十年代中後期，在事業上面對商業價值與個人理念的衝突，還有感情上的抉擇，六十年代的強權教育和政治暴力，也轉變為商業價值不得不如此的暴力。影片似乎較多站在主角 NJ 的角度，對他有較多同

情，頗為細膩地交代他的選擇。

　　NJ 不一定做對，但影片要處理的實不是道德是非的判論，而是從 NJ 之子那年幼一代童稚的眼睛提出異樣的角度，一種發現的創見，帶我們繞到人生的背面，忽然抽離地看清了一切，因而對 NJ 的選擇、NJ 的妥協或他的持守，都有更寬大的出於理解的感知，也許還會回看自己。這時那選擇、那妥協或持守，又何嘗不是一種高度？一種教沒有足夠理解和感知能力、缺少創見而只知套語的，同樣達不到的高度。

　　《牯嶺街少年殺人事件》也是探討歷史的電影，楊德昌對六十年代氣氛有很認真和很有耐性的呈現，如果懷舊多少都帶一點美化和想像，今天看來《牯嶺街少年殺人事件》甚至超越了懷舊，而近乎一種更殘酷的歷史呈現與批評。當小四下獄後，其酷愛貓王的好友小貓王到監獄探望卻不得見，只好把說話錄在卡式錄音帶上，他說：貓王終於回信給他了⋯⋯，他託監獄人員轉交，可是待他轉身離去後，監獄人員即不屑地把錄音帶棄作垃圾。電影差不多完結於此，而現實裏的青春，以至一代人的理念，不也這樣結束？《一一》站在另一面，探討當下的時代，二十世紀去到終末，時代似達致頂峰，某些人際的乖悖又一再循環，我並觀兩套影片，寫了以下一首詩。二千年的《一一》以婚禮始，而以葬禮終；如今更成了楊德昌的絕響。對他所談論的抵抗、妥協和

寬容，不以悼歌但願以詩，作最後的致意：


　　開啟一間一間黑漆的教室

　　在無光的學校搜索出自己

　　少年以女聲歌唱婉轉的黑夜

　　在生長的白日來臨以前

　　為死亡祈禱、為掙破落淚

　　鬧市因何突然平靜

　　漸聽見由遠而近的足音

　　撫慰地上無以平伏的抽搐

　　唱着驪歌給你繫結手扣

　　用一匹馬輕輕把你帶走


　　讀過的文字閃現又隱沒

　　帶着上一代曾經目睹的世界

　　只讓你拍攝一幅驚訝的表情

　　不知道眾手建構的城市

　　終消失在渡海浪潮似的書堆中

　　壯麗化作無名，手電筒照射的搜索

　　在昏黃燈下散發硝煙的氣味


　　沉溺於無法改變的美

乖悖的紐帶與你痴纏
闔上眼睛帶到安歇之地
與你在睡夢中繁殖虛無
為甚麼不反抗像大多數人
眼白看着她以毫不驚動的世界
在睡醒以前與你相連扣結

一切乖悖都會重複再現，時代的
巨輪卻已來到電影不可逆轉結局的尾聲
收音機播放入學錄取名單
一個一個明日的符號，永遠封存了
不堪提起的昨天，和今日
夏日沉寂只有另一電影中的少年以女聲
以愛以莫名的憎恨去歌頌
一個美麗卻無法改變的世界

# 中文世界裏的聶魯達

在中文世界裏，除了古典詩詞和新詩，也有許多外國譯詩流傳，其中聶魯達相信是較為人熟知者。我也是很早就聽說他的名字，許多香港文學先輩都介紹過聶魯達，刊發在《中國學生周報》、《大拇指》、《文林》等刊物中，聶魯達詩的翻譯，透過袁水拍、鄒絳、陳實、王央樂、趙振江、也斯、黃燦然、陳黎等譯者，早已成為中文詩歌世界裏的譯詩經典。

聶魯達的生平不用多說，一九九五年的電影《郵差》令他更廣為人知，較少人認識者相信是他與中國的淵源。聶魯達年輕時已到過中國遊歷，一九五一年再以史大林國際和平獎（後稱列寧國際和平獎）委員身份來華，給宋慶齡頒發國際和平獎，並在北京中南海的頒獎禮上朗誦〈致宋慶齡〉一詩。

一九五七年，聶魯達再度訪華，與艾青、蕭三、徐遲、丁玲、茅盾等作家會面，其中艾青早在五一年已和聶魯

達建立友誼，五四年艾青應邀前赴智利出席聶魯達五十壽辰慶祝活動，回國後寫了〈在智利的海岬上——給巴勃羅·聶魯達〉一詩在《詩刊》發表，五七年聶魯達到中國時，艾青遠赴昆明迎接，經重慶沿長江過三峽，再抵北京，在一次朗誦會上，聶魯達發表了〈中國大地之歌〉。

一九五七年也是中國政局變動之年，艾青陪同聶魯達抵達北京不久，即被捲入反右運動而不能再與聶魯達會面，他寫給聶魯達的詩後來竟也成為罪證之一。聶魯達在其《回憶錄》中，詳述過二次遊歷新中國及與艾青的友誼，再以不忿和憂傷的筆調總結這段中國之行：「稍後，我將帶着一嘴苦澀的滋味離去，這苦味我至今還感覺得到。」

那是一個政治時代，聶魯達自己也寫了不少政治頌歌，喜歡聶魯達情詩或現代主義風格詩歌的讀者或不喜歡讀他這方面的詩作，但這些詩的政治性絕不在於歌頌某一政權，而是蘊含在其間的社會關懷，對土地、人類和公義的普遍熱愛，對不平事以詩歌的方式回以批評和擔憂。在《漫歌集》中，他的〈美孚油公司〉、〈聯合果品公司〉等詩作批評跨國企業對第三世界在生態環境和文化上的侵害，再於〈土地與人〉、〈印第安人〉等詩中以尊重、平等和祝願描繪出寬闊如手卷的中南美洲遠景，體現人文關懷，其閎遠視野在今日全球化的呼聲當中，依然擲地有聲，且讓我們感知文學或詩歌感悟和洞察的力量。

為甚麼聶魯達受到中文世界的喜愛和重視？我想一方面是由於他風格多樣，從較易普及的情詩、調子沉鬱的奏鳴曲到明快的頌歌，不同讀者可各取所需，另方面也由於他深刻表現內在探求和掙扎，以具想像的筆法為語言締造新義，弘揚文學的淑世精神，他對愛情、人性和革命的洞悉更具普遍性，在個人抒情、藝術探求和現實關懷之間取得平衡。

　　這樣美麗、有力量的作品是如何進入中文世界的？對漢語詩歌有甚麼影響？其間最關鍵而又最容易被忽略的媒介是翻譯。筆名馬凡陀的詩人袁水拍相信是較早翻譯聶魯達的譯者，五一年已出版《聶魯達詩文集》，這也是文革結束前唯一完整的聶魯達譯詩結集。五十年代後期開始直至文革結束，由於中蘇交惡，即使聶魯達被西方世界視為左翼詩人，中國大陸作者卻不能再提及聶魯達。當聶魯達的名字絕跡於內地刊物，六十年代香港有《文藝世紀》和《文匯報·文藝》等刊物譯介，也斯七十年代也曾在《中國學生周報》、《文林》和《七〇年代雙周刊》等刊物作譯介。文革結束後，聶魯達的名字再重新出現於內地刊物，先有鄒絳等譯、收錄艾青序文的《聶魯達詩選》，再有王央樂翻譯的《詩歌總集》（或譯「漫歌集」）出版，八五年陳實的《聶魯達詩選》，為內地八十年代著名的譯詩系列「詩苑譯林」之一。當然以上幾種書早已絕版，讀者除了到圖書館訪尋外不易得見，但仍至少可以在市面的書店找到黃燦然和陳黎兩種譯本。

在聶魯達最著名的情詩《二十首情詩和一首絕望的歌》及《一百首愛的十四行詩》當中，我個人覺得前者以趙振江的譯本為佳，而後者則數黃燦然和陳黎。閱讀外國詩當然最理想是讀原文或與原文相近的語言系統譯本，但讀中文翻譯也另有意義，特別對熟悉漢語詩歌以至本身是詩人的譯者，他們的好處除了符合基本的信雅達等要求，更由於本身對詩的體驗和語言活力，使他們譯出更難能可貴的語感和彈性，他們的譯筆既保持了原詩的空間，也為漢語詩歌語言注入新機。

聶魯達固然是智利以至世界性的偉大詩人，而中文世界裏的聶魯達，則由聶魯達和一眾優秀譯者，歷經漫長年月，共同拓展了現代漢詩的可能性，其意義不止於翻譯。

# 卷二：方外同途

# 活在共同年代的「新人」

　　文學是一種病，或者，文學也可以是一種「新」。如果以文學作為一種志趣，它也是一種生活的附加物。幾乎所有人，都有其不同的生活附加物，可以是運動、吸煙、賭博、唱歌或任何正業以外的嗜好、調劑。嗜好可以轉移、中止或戒除，寫作也並非不可斷續，但真正的文學是一種生命情調，深入骨髓至無可割斷，而作家、詩人、小說家、散文家、評論人等等名目，更與社會附帶的投射或預設扣連。經過歷練也累積一定知識的文學者，不視文學為一種休閒嗜好或心靈調劑，也不會依從社會的預設，文學者對語言理念的自主建構具有非常堅定的執着，他最終的創造，與生活的附加物、嗜好、調劑或個人利益、社會功用或訴求等事完全無關，卻成了純粹的生命延伸；為向此生命延伸負責，文學者在創作以外，也反覆自省，釐清理念，防止異化、下墜。這不只於文學，一切對理念創造認真的人，亦具同樣的自省。

　　董啟章近年的小說《天工開物‧栩栩如真》和《時間

繁史‧啞瓷之光》在不同的故事形式以外，有一共同面向，就是反覆深思創造的意義、自省作家的身份和價值。他將前書「人物世界」的部分、後書作家訪談的章節，連同在台灣《自由時報》連載的散文專欄〈致同代人〉結集成《致同代人》一書。董啟章給《時間繁史‧啞瓷之光》中的作家名為「獨裁者」，以此作為反思文學價值的媒介，既出於董自身的反省，也同時是一個獨立的具自我聲音和文學見解、經歷的「人物」。選錄在《致同代人》一書的〈獨裁者訪談〉開篇第一句就是「我是一個病徵」，獨裁者確實有病，他行動不便，近乎隱居地住在新界北區鄉郊邊陲之地，以此作為「文學是一種病」的具體意象。

獨裁者的說法和稱號也見於董的專欄〈致同代人〉，包括前十三篇署名「獨裁者」的書信，收信者是「同代人」，談論文學的寫實、想像、通俗或嚴肅等議題，語帶批評和詰問；緊接是「同代人」寫給「同路人」、「同行者」；「前代人」寫給「後來者」及「我們」寫給「你們」的二十六篇書信，談論閱讀心得、寫作環境、文化活動見聞等事，語帶關切、分享和呼喚。閱讀時，我不時想起里爾克的《給一個青年詩人的十封信》、楊牧的《一首詩的完成》以至古代中國的曹植〈與楊德祖書〉、白居易〈與元九書〉等「書信體文論」；不同的是，董的〈致同代人〉借用小說筆法，透過發收信者身份和語氣的轉換，提出相類問題的不同層面，也許還表達

董本身對相類問題的矛盾和困思。

「書信體文論」除了親近讀者的優點，它其實還是一種作家真誠而純粹地剖析創作理念的媒介，有別於學術文論掩藏自我以便闡釋學術問題的趨向，以至換取學術地位的需要。董在〈致同代人〉對前輩作家、同代作者、文壇現象的描述和論述，關涉於香港文學界的種種，稍具資歷的讀者都不難了解他的指向，當然，《時間繁史‧啞瓷之光》中段涉及九十年代初至中期的諸種文學事件，由於香港文化刊物、經驗和記錄的高效率斷裂，能夠或願意通讀的讀者也許不多。〈致同代人〉談的是當下觀察，尤其香港文學和寫作環境的局限，部分在《時間繁史‧啞瓷之光》也提到，如參加「圖書館文學講座」的一群瘋人、圖書館門前兜售自印無水準詩集的中老年母子等既荒謬又哀傷的情景，都是我輩必須直面的現實，但董透過反思，最終還是超越了憤慨或感喟，當中的關鍵，正如《時間繁史‧啞瓷之光》和〈致同代人〉都提到的大江健三郎的「新人」概念，在於理念的更新、持守、向善及調和。

這其實也是我輩共同的期許和出路，大江健三郎在二〇〇五年出版的《給新人》（台灣中文版譯為《給新新人類》）提出的「新人」一詞，源自《新約聖經》中的〈以弗所書〉，它不是指年輕的剛出道者或新一代人，而是指向每一個人都共同可以持有的超越；大江藉此提出更新信念來突破舊世界

的敵意和市場邏輯的慣性。以此再思董啟章在〈致同代人〉提出的作家、小說家和詩人等寫作者身份價值和定位問題，我們何妨以自己的方式再稱自己為作家、小說家和詩人而不必理會社會的預設？毫無疑問地，董啟章是一位小說家，這不出於預設或派贈，而是經由其持續的創造所驗證出的結果，同樣由此過程所賦予的「小說家」意涵，使他得以自主地選擇使用「小說家」或他所說的「小說寫作者」或「我是寫小說的」作自稱。關鍵是我們能否賦予這些稱號以新義，再自主地而不是逃避地，得以選擇是否或甚麼場合使用這些稱謂。

「文學是一種病」，《時間繁史‧啞瓷之光》的獨裁者如此言道。也許，文學也可以是一種「新」？文學的「新」是一種覺悟、開拓和批判的質性，它可以是楊沫《青春之歌》、鹿橋《未央歌》裏青春煥發的大學生，也可以是魯迅《在酒樓上》、巴金《寒夜》中飽經歷練而有所覺悟和持守的中青年。文學的表現在於語言，語言之於作者，猶如刀劍之於武者，但它到底是一種工具而不是目的，文學不應孜孜於修飾文辭，單以機巧為尚，它更應指向改變個體以至社會的局限，至少作為一種改變的能量，使微小的個人，那怕只是一種情感，也趨向於更大範圍的超越。

如果，我們歷經生活和知識的反思、追尋和累積，透過文學的創造，在歷練中有所持守、更新、向善及調和，或

者，一種作為「新人」（而非狹義上的新一代）的作家、小說家和詩人，仍可以在此不斷變動的時間流之中得以確立也彼此相顧，既為特立之個體又是理念「同路人」，由此對「新」的踐行而真正達致「強立而不反」。

會不會有這樣的一天，董啟章或其他的同路人？一代過去，一代又來，時流永遠變動，我們到底有幸共處於同一時代，經驗共同的時間流。我們，一群以文章、小說、詩歌或使用其他媒介的理念創造者，還可以超越網路、市場、人際或種種現實的限制而真正溝通嗎？詩歌抽象、文學無用？卻更何幸其抽象、何幸其無用！莊子有言：「今子有大樹，患其無用，何不樹之於無何有之鄉，廣莫之野，彷徨乎無為其側，逍遙乎寢臥其下？」一切在乎一念，但也在乎行動，「新人」可以是真正年輕的新人，也可以是處於生命臨界點上的「中老青年」，它完全無干於「世代論」，由變故和歷練鼓鑄出的「新」，是一切文學最終引向的超越；但當中的期許可能也更虛幻，如同一戳即破的泡沫，作此文學「新人」當應覺悟，我們，或極大可能僅是單獨的個人，即使理念幻滅，亦何妨就此隨同破滅的泡沫而逝。

# 袋裝書與別人的歌

　　三冊「袋裝書」拆解，重新組合成新的一冊，文字、思想和種種九十年代的都市盛世圖景，在原書絕版以後，慶幸地以新的形式繼續流傳，成為二〇〇六年重新包裝出版的一冊《曾經：林夕 90 前後》。速讀本書，好像重新回到九十年代的城市遊蕩一遍，當然捧着這新的一冊，心裏想着的還總是舊版的三書：林夕的《即興演出》、《某月某日記》和《盛世邊緣》。

　　在一些具資歷的書店裏，讀者或許仍能尋見一二冊小開本、約二百頁的小書，較常見的是博益藍綠紅本或白色「城市筆記」系列，八九十年代還有「創建文庫」、「友禾文庫」等，以其成本輕、售價廉，亦方便讀者隨身攜帶閱讀，在當時稱為「袋裝書」，一度盛行於書市。除了以上三家，明窗、集英館、勤＋緣、廣雅軒、繁榮和坤林都出版過袋裝書，友禾更曾在大會堂舉辦名為「叢書博覽會 90’」的袋裝書展覽，又開設銷售自己袋裝書的專門店。

在近代出版史上，袋裝書這形式本非新事，民國時期
商務印書館出版的「萬有文庫」，同樣以小開本形式出版，
在當時尚有以低價格把知識普及的理念，是以萬有文庫除了
外國譯著，也包括大量的國學典籍，後來，五十年代台灣藝
文印書館的「藝文叢書」亦以小開本翻印古籍，六十年代的
「文星叢刊」、「三民文庫」、晨鐘出版社「向日葵文叢」、
仙人掌出版社「仙人掌文庫」、台灣商務印書館的「人人文
庫」和七八十年代為紀念出版家王雲五而命名的「岫廬文
庫」，則以近人的文藝或學術著作為主。

　　相比之下，香港八九十年代袋裝書偏重流行文化，着
眼於利潤，少談出版使命，這裏是香港。不過香港袋裝書因
着個別編輯的眼光，還是締造了獨特的城市品味，特別是博
益城市筆記、友禾文庫、創建文庫三者，概念最新，佳作亦
多，如胡冠文（即丘世文）《在香港長大》、《愛恨香港》、
陳冠中《太陽膏的夢》、李志超《成長的荒謬》、黃碧雲《揚
眉女子》、陳少琪《上路》、林夕《即興演出》等著。對袋
裝書這出版模式，當時已有評論者指它過於商品化，使書本
也變得非書化，但其佳者實為研究八九十年代香港城市文化
以至文學的重要媒介。

　　與袋裝書文化相連的，還有八九十年代的詞人散文，
像林夕、陳少琪、周耀輝、何秀萍、盧國沾、黃霑、林振強
等等，他們除了填詞，也寫散文，但不是朱自清、梁實秋那

樣的五四文學散文，而是「港式」的專欄散文，基本特徵是篇幅短小，內容多社會話題性或作者自說自話，詞人的專欄散文有時也談及歌詞背景或香港樂壇現象，而作者作為詞人，文章即使已刻意降低程度迎合讀者，其文字仍難掩作者本身的文學性格，當中的文學性是一種取向和描述態度，多於文筆修辭技巧，這可說也是這種專欄散文「港式」複雜性之所在。

林夕會寫新詩，曾與李焯雄、洛楓、飲江、吳美筠等共同創辦《九分壹》詩刊，八六年出版的創刊號收錄林夕〈秉燭〉一詩；也會寫小說，曾與黃碧雲、杜良、李焯雄、葦鳴合著小說集《小城無故事》，收錄林夕〈懷念的格式〉等四篇小說；也出版過鬼故事《似是故人來》，林夕喜歡談鬼，他的散文中也多篇與鬼相關，他那修辭技巧以外的文學性，正好以其鬼故事為例子說明：林夕的鬼故事不以恐怖嚇人，反而於洞悉世情當中，帶點幽默和殘酷，魑魅的世界有時也比人間更有情、更優美。當然鬼故事最後還是恐怖的，《曾經：林夕90前後》一書中有〈別說鬼故事〉一文，最後談到戮破事實的恐怖：認清了人世不能宣之於口的實情和那「戮破」的醒悟本身，原來比七孔流血的鬼怪恐怖百倍。因此，那篇不談鬼，而是談及中學「經公」科、九七回歸和太平山的〈下山的時候〉，最後說「有一刻以為已經完全投向這個城市的懷抱裏，最終也有下山的時候」，我覺得很恐怖。

留意林夕所填的歌詞也可以想見，他的文字細膩而多情。讀《曾經》一書中的〈像我這樣的一個聽眾〉一文，原收錄於友禾文庫之「純情感筆記」中的《即興演出》一書，是的，評新書，我還是不受控制地找出原書一再把弄。〈像我這樣的一個聽眾〉談到林夕讀書時代與同窗共唱〈戲劇人生〉的往事，當唱到尾段假音部分，林夕忽然發覺同窗早已停了不唱，只有他自己唱到最後，當他詰問同窗，同窗反問他何必唱得這麼認真。願望，常自失落。當這世界想着的是別的事，我們何必認真？世界荒誕涼薄，我們何必自作多情？但我們其實不是認真，而只是想實現那想像中的真，直至發現這世界想着的是別的事。美夢會消逝，戲劇人生終有日閉幕。

　　林夕在〈像我這樣的一個聽眾〉一文還談到為 Raidas 所寫的〈別人的歌〉，裏面有一句「為何仍要歌唱，不願再細想」，唱片內的歌詞單張誤植為「不願在細想」，林夕當時感覺天旋地轉，覺得被扭曲了，但事後想「有誰真的拿着唱片歌詞聽歌」？我想告訴林夕，是有的。一切的確都扭曲了，然而歌詞單張誤字還未足以歪曲一切，真正扭曲了的，是歌曲的本意：對原創的執着和對市場的抗拒、對就範的抗拒，在今天再不堪一提。

　　醉下來，休醒覺。〈別人的歌〉談的是八十年代的酒廊歌手，即使具才華，為着生計也只能順應客人的「點唱」，

在喧鬧酒場中翻唱名歌星已經流行的別人的歌；現今莫名其妙地竟被容忍至今天的卡拉 OK，以封閉、順從、反智、反創作為榮，永遠不會明白唱「別人的歌」的痛苦。快樂時，要快樂，等到落幕人盡寥落。個人固然無望，連放棄一切都不能，應該拆卸的發揚光大，應該保存的灰飛煙滅，整個城市只能空白地，繼續唱別人的歌。

二〇〇六年十月誌

這時代的文學

# 正常讀者的目錄

　　梁文道在《讀者》一書起首第一篇，〈你讀過《紅樓夢》嗎？——《如何談論你還沒讀過的書》〉的題目涉及了兩本書，前者僅在文章第三行提及一次，後者更明言根本未讀過，但梁文道仍在文中對該書評述了一番。該文真正談論的是「書皮學」，一種不用仔細閱讀卻能掌握書本內容，以至侃侃而談的學問或技倆。說是「技倆」，因它容易淪為作偽欺騙、以偽知識裝點門面的手段；說是「學問」，因它在浩瀚書海尤其資訊爆炸的時代裏，又的確是一種整理個人閱讀系統的方法。是學問或技倆、手段或方法，端視乎讀者的心性、目的和理念。

　　《如何談論你還沒讀過的書》（*Comment parler des livres que l'on n'a pas lus?*，台譯本《不用讀完一本書》，二〇〇九年三月出版）是法國學者皮爾‧巴雅（Pierre Bayard，或譯皮耶‧巴亞德）所著，出版後廣受青睞而成為暢銷書，梁文道寫作該文時，英譯本才剛面世不久，他還未

取得該書，但憑藉其知識系統和「書皮學」的掌握，仍可概述該書，而且頗為切中要領。該書以梵樂希、艾可、巴爾扎克等人的著述為例子談論書皮學的現象和歷史，它不單是一種充撐門面的社交技倆，在作家筆下，書皮學也是一種文學批評的角度，以至小說表意的媒介。該書的書名很容易讓人以為它是一種提供諸如速讀等閱讀技巧的方法書，但正如梁文道以本身的書皮學修為所指出，該書不是教人不讀書而能作偽的指南，而是談論一種文化現象，以至閱讀的可能性。作者以集體圖書館、內在圖書館和虛擬圖書館三者作為閱讀者觸類旁通的門徑，更寫出了一種閱讀的抽象觀念；當然，該書也多少傳授一點小聰明，教人理直氣壯地談論自己還沒讀過的書！這也許是它成為暢銷書的原因。

然則，在我輩看來，書皮學根本毋庸學習，也毋須方法，所有累積一定閱讀量和修為、對書本敏感以至建立了個人觀念圖書館的讀者而言，都會自然獲得觸類旁通的本領，毋須通讀甚至毋須讀過一書，而能略知一書的知識源流；事實上書皮學的要領亦無外乎目錄學的範疇。梁文道的讀書評書修為，絕非讀一本諸如《不用讀完一本書》這等之書可臻，尤其視作捷徑方法者。梁文道評書的特點之一在於其博而雜，他的首本書話集《弱水三千──梁文道書話》，以美國國會圖書館分類法羅列所評之書，共分十五類，實際上是為個人博雜的知識涉獵建立體系，將其安放於觀念上而不

真正存在的、抽象的圖書館中，成就了我輩心中的「書痴目錄學」。

作為梁文道書話之二，《讀者》一書因應書評的對象，有更多普及知識的意向，造就真正堅立的「讀者」。在本書原序中，梁文道以「正常讀者」自許，書中卻有一條目為「不正常讀者」，談及鄭振鐸、陳子善、許定銘、陸灝等藏書家、讀書人。正常與不正常看似對立，在本書中卻不然，梁文道認同也心慕那「不正常」的藏書理念，而他本人自許為「正常讀者」，正如他在原序所説：「我開始能夠體會浮士德的悲劇，也開始明白知識、禁果與傲慢的關連了，你愈是以為自己謙卑低下，就愈容易犯上驕傲的罪，愈容易陷入文字障所導致的我慢。」是一種對異化的儆醒，願意把知識的面向放回人間，這理念與他另一本著作《常識》以「常識」抗衡空洞玄説的想法實一以貫之。

在我眼中，梁文道可是個不折不扣的「不正常讀者」，在中學時代，我們都不滿足於課業範圍內的「常識」，因而自行到書店和圖書館尋找真正值得探求的事物，開列屬於自己的書單。他的書單以文化理論和哲學為主，也涉獵不少文學。那時內地知識界正值「文化熱」時代，香港的書店可找到不少內地出版的文化理論著作和翻譯，如「走向未來叢書」，梁文道就是最早向我推介這套書的同學，他又介紹我讀傅柯、談論女性主義、批判電視台的選美活動，此外他也

熱衷於前衛劇場，有一次捎來一疊稿紙，是他新近寫成的劇本……我也不甘落後，向他介紹楊牧最新出版的詩集和我自己寫的詩，我們就這樣在課餘交換閱讀情報，那時，我們還未知悉，這樣的閱讀會怎樣染織我們的人生，留下斑駁的紋理、脫落的毛線。

那時我已知道他在《信報》的「戲間形采」專欄不定期發表劇評，在《電影雙周刊》的附刊「閱讀都市」與湯禎兆展開筆戰。九十年代初至中，梁文道在《越界》發表更多藝評、雜文與人物採訪，我也一篇一篇的跟着讀了，後來，他先後參與創辦《打開》、牛棚書院、E+E、《讀好書》和《讀書好》；我自己也和別的朋友先後辦了《呼吸》和《詩潮》兩份刊物。除了《讀書好》之外，我們都耳聞目睹以上的刊物和朋友如何凝聚然後消散，一個一個與之相關的文化議題如何熱烈討論又一再由於經驗斷裂而在不同場合從零開始重複展開，這軌跡彷彿也是香港無數前代文化人的軌跡，所不同的，是梁文道在精緻、前衛與普及、通俗之間，願意以更柔韌的心力接近於尋常巷陌人間，相信這也是他創辦牛棚書院的民間辦學理念及其一直沿用「牛棚書院院長」名號之所由。

逝者如斯，大斷裂當中，閱讀似乎成了少數得以延續的精神活動。閱讀本書的關鍵，與《弱水三千——梁文道書話》一樣，在於梁文道對知識的分類。如果讀者家中也擁有

為數不少的藏書，就會明白分類的重要性，甚且，有時分類的意義還不僅在於便於搜尋，而更在於分類者為知識所賦予的觀念。藏書家阿爾維托‧曼古埃爾（Alberto Manguel）在《深夜裏的圖書館》（*The Library at Night*）一書中，描述了各種私人藏書和公共圖書館的圖書分類以及當中的趣聞，其中私人藏書往往有許多異想天開的分類法，有一位作家以各種顏色紙包裝書籍封面並作分類，如小說用藍色，西班牙文用紅色等，使其書房一眼看過去有如幾道彩虹。曼古埃爾還記述他的書痴友好們各種古怪的圖書分類法，如把藍波的詩集《醉舟》列於「航海」之列，把李維‧史陀的《神話學：生食與熟食》列作「烹飪」一類！

其實，對書籍分類的觀念意義知之最切、用功最深者，莫如中國古代的目錄學家，從《七略》以六經即儒學為中心，演變至「經史子集」四部的分類，古代目錄學除了反映社會思潮流變，也標示「辨章學術，考鏡源流」的意義。梁啟超一八九六年在《時務報》發表《西學書目表》，把其時所見之譯著分為西學、西政、雜類三項，西學類又分算學、重學、電學、化學、聲學、光學，西政類包括史誌、官制、學制、法律、農政、礦政等，約相當於清末維新派新政的內容；《西學書目表》作為一份書目，既有配合新政的經世意圖，亦抱持以西方科技結合人文社會科學為改革中國的理念。

梁文道首本書話集《弱水三千》依美國國會圖書館分類法的綱目，為個人涉獵建立體系，評說的對象是書；至《讀者》一書，以「準備做一個讀者」、「不正常讀者」、「政治花邊」、「經典常談」、「學點文藝腔」、「常識補充」和「都世界盃了，你還讀書？」共七項作類別，評說的對象是讀者，在梁文道看來，政治、經典與文藝、常識固然同等重要，但更要緊的是作為一個「讀者」的自覺。與一般消費性或功能性閱讀不同的是，《讀者》所要造就的「讀者」指向抗衡宰制和蒙蔽的自主，姑不論談論自主書商的〈壯哉萬聖〉、關注內地女工的〈打工妹的聲音〉、堅守言論自由的〈十博士大戰于丹〉等文，在最後一輯與足球相關的書評中，梁文道舉引多種書籍，由足球談到反全球化，也談論納粹德軍佔領烏克蘭時期，球員因堅守尊嚴和自主而被處死，〈世界不是只踢一種足球〉、〈心物不二說足球〉等文談論足球運動真正的趣味及其勇猛的精神理念，批判商業行為帶來的異化；該輯文章由足球讀出自主、抗衡和批判，它絕不由犬儒和玄說而來，實基於堅實的閱讀系統，這樣的「讀者」才得以強立於流變和斷裂中。

　　由此理念，《讀者》一書不妨視作我心目中的「現代目錄學」之一種。在古代的目錄學相關著述當中，有一種稱作「藏書紀事詩」，記錄藏書家遺聞軼事，葉昌熾《藏書紀事

詩》談及清代藏書家馮舒馮班兄弟，馮班「為人儻蕩悠忽，動不諧俗。胸有所得，輒曼聲長吟行市井間，里中指目為痴，先生怡然安之，遂自署曰『二痴』」，馮氏藏書以異本聞名，最著者為《文心雕龍》隱秀篇手鈔本，惜後世子孫不甚愛惜，「即宋元精版，盡化為蝴蝶飛去」，葉昌熾題詩云：「滄海橫流自閉門，莫城西畔有孤村。篋中隱秀何須秘，化作春風蛺蝶魂。」夫文體代降，詩形代遷，茲謹以新撰「藏書紀事新詩」一則，演化梁文道《讀者》一書之理念：

〈閱讀人間（梁文道《讀者》）〉
葉片掉落如書頁飛翻
我們的作者步過裂縫
步過枯草織就的人間
灰爐與硝煙化作霓虹
你把它熄滅又輕翻書頁
換取另一房間的光容

一切流逝都由閱讀而復現
我們的讀者不就是我們
窗格下疾書浮出的話圈
悠悠飄過都市，未破滅前又聽見

橫巷間的暗語是犬吠還是哭聲？

列車劃過，刪去車站前流浪藝人的歌聲

只有讀者為都市編就的書頁與尺牘

一所抽象的圖書館與一串話圈，編了目錄

二〇〇九年八月十日誌

# 詩的經文性與不可言說

　　二十世紀八九十年代之交，香港眾多文化刊物曾催生一眾文化評論寫手，在《年青人周報》、《文化焦點》、《博益月刊》、《越界》、《電影雙周刊‧閱讀都市》、《星期日雜誌》、《經濟日報》和《信報》可以經常讀到家書、小明雄、散尼、梵谷、朗天、游靜等人的評論，其中劇評界好像特別熱鬧，除了小西，還有預科生時期已到處挑起火頭的梁文道，對當時沙磚上、進念、中英劇團等演出都評論過，更先後向家書和湯禎兆展開筆戰；除了文化評論，TOP、《結他 & Players》和《電影雙周刊》還刊登十分「硬淨」的樂評，那確是一段熱鬧繁華的評論年代。

　　當中的跨界寫手，即既寫評論又可文藝者，大不乏人，小西是其中之一，我後來知道，他的詩在八十年代中期已在《大拇指》和《九分壹》以其他筆名發表過，我真正開始留意到小西的詩是在《越界》和復刊的《素葉文學》上，至九五年我找到他與一眾新認識的詩友籌辦《呼吸》，始多

往返，那時他曾出示一冊自編的詩集，又不時收到他傳真過來的詩作。時光荏苒，那些印在熱感傳真紙上的詩大部分早已褪色，小部分仍模糊可辨，不就是〈嘔吐筆記〉和〈關於〉等篇，終於收進二〇〇六年小西首本詩集《貓河》，它的流轉和成形，關乎詩歌，也關乎時代、評論和友誼，當中最關鍵的還是詩歌。

一

詩歌當然不易述說，尤其在這患有新詩驚恐症的時代。新詩的驚恐，部分源自它的艱澀。但詩歌真的那麼難懂嗎？世上難懂的文字何其多，部分被尊稱為「經」，歷代都有人苦苦研讀、注解，尋求釋經之路。《聖經》、《易經》、《道德經》、《法華經》、《金剛經》和許多中西宗教、哲學經典都被稱為「經」，它們的內文就是「經文」，大多數經文也許是關乎宗教的，中國古人卻把詩歌和史書都稱為經，像《詩經》和《春秋》，但在現代我們很少把詩句視為經文。宗教上的經文含有權威性、須遵守、須背誦、須踐行的指向，同時也具深奧的、言簡意賅的、有待闡釋的特性，前者關乎普遍信眾對它的接受，後者則意味着它的解釋權，不是人人可懂。詩歌可背誦而不必踐行，把詩歌實踐的後果往往是災難；詩歌與經文最接近之處，當在於後者，即是它的深

奧、言簡意賅、有待闡釋的特性。

　　許多宗教和哲學經典都借用詩歌表意，要點絕非着眼於一般人以為的「詩情畫意」或富裝飾修辭的語文技巧，而是詩語言那高度概括抽象理念的能力。宗教、哲學或特別是形而上學經典借用詩歌，因為它們到了意義的核心，總是不可言說。老子有言：大象無形，大音希聲。終極的感知、內心的情志總難以日常語言描述，強加形容只有距離更遠。因應感知和情志的複雜性，詩也不是要形容或描述它，它難以一對一地轉換，詩所做是以不可言說的言說方式，另造一境，讀者透過那言說所造之境，在內在有所轉換，再稍稍感知作者的情志。詩是經文，但我們不是要解釋它，它應是一個開放的系統。

　　詩的經文性，使它不易翻譯，但其實並非不可翻譯，而是譯者本身須為詩人，詩的翻譯其實是一個詩人以本身語言上的詩藝來翻譯另一種詩藝。有謂詩不能譯，這要視乎對翻譯的理解，詩其實也可以譯，但必須以詩譯詩，此所以譯詩者本身須為詩人。把這觀念推展出去，一些對詩的解釋和所謂名作賞析，或古詩詞的「語譯」往往廢話連篇，使用矯情、造作的語言進行賞析或語譯，企圖把它顯淺化，只有離詩更遠。詩的難解本屬必然，它的艱澀其實也就是它有趣的地方，如果詩可以一眼看穿，清楚明瞭，還有甚麼意思？詩人就是有感一般語文不足以表達內在的複雜情志，故取道於

詩，艱澀或迂迴不是故作高深，而是必須如此，方能表意。

　　詩的多義和超語言的「儲存性」，重於形式上的音樂性，故戴望舒〈詩論零札〉說：「有『詩』的詩，雖以佶屈聲牙的文字寫來也是詩；沒有『詩』的詩，雖韻律齊整音節鏗鏘，仍然不是詩。」戴望舒〈詩論零札〉寫於一九四四年的香港，繼承他一九三二年在《現代》發表的〈望舒詩論〉，發展了二三十年代以來中國新詩中的「純詩」理論，其時穆木天、梁宗岱等人針對早期新詩的散文化傾向而提出「純詩」之說，戴望舒重提純詩卻針對當時流行的抗戰詩中的口號化和散文化，希望以純詩作出一點調整。


　　　二


　　我想提出詩的「經文性」、「儲存性」和中國新詩理論中的純詩之說，展開有關小西詩作的討論，在當代香港中生代詩人當中，也許他是最能體現以上特質的。早期小西的詩頗見玄虛，如〈你不要玫瑰〉和〈清早有人送來一噸玫瑰肥皂〉等作，但其實更多是一種跳脫的趣味，它需要讀者以同樣跳脫的態度來閱讀。我願意把二千年的〈天使樂園〉組詩視為其重要的語言轉折，不是取消了玄，而是把玄放進更闊的空間去。歷經多重的流轉和思考，小西在二〇〇二至〇四年的〈微物之神〉、〈疲倦的時候〉、〈在哲人小徑〉等詩中，

再進一步擴展了〈天使樂園〉組詩的語言轉折。

二〇〇三年的〈在哲人小徑〉談論觀念的尋求，也談及對詩語言的自覺：

> 經文都睡了
> 等待下一個季節的玫瑰
> 虛擬的爐火正旺
> 讓人彷彿看見
> 一個家的模樣……

經文都睡了，我們可以喚醒它嗎？關閉了的意義如何可以重新開啟？詩句指向「等待」，它已暗示開啟的途徑不在於喚醒，經文都睡了，要開啟意義，唯有與它一起入睡：

> 存在就是開顯
> 我們收起了所有的言語
> 玫瑰花逐一綻開
> 回到了蜜味的居所……

一句說話的意義只是一句，一句詩卻化生多義，我們憑甚麼以說話、以語文的有限來限制詩的無限？這是不是有

點荒謬？詩很難？詩無用？夠了，我們一說話，經文就發笑。「我們收起了所有的言語」，於無聲處，更多聲音產生，沉睡的結局不是喚醒，而是綻放。

　　只有詩才能通往詩，詩的語言不單擴充了語文的範疇，也常用置換的方式教我們重新審視世界，再回頭認清自己，例如〈信息天使〉中主體與客體的認知關係的置換：

　　　　你用風鈴把一切事物收藏起來
　　　　好讓事物打開
　　　　……
　　　　事物把你收藏了起來
　　　　好讓你在一切的事物中
　　　　完全打開

　　因着詩的理解，主體意識到要認識世界，首先要讓世界關閉，放下習見的模式來重新理解，最後對世界的新理解反成為一種主體，破譯了「你」的艱澀。在這首詩中，心與物的主客關係被置換了，然後又再顛倒過來，心收納了物，讓物的意義自行開啟，最後物也回頭收納了心，發現最關鍵的還是一個內在的解說，也就是詩的言說。

　　無論是詩的寫作、翻譯還是理解，背後都涉及言說的問題。日常說話或解說性的語文往往離詩最遠，因此詩詞

的「語譯」不可能把詩意弄明白，反而取消了詩，俞平伯指「詩不能講，所講非詩，一切的講，比方而已，形容而已」，這說法小西已有所體悟，正如他在〈信息天使〉引用夏宇詩句：「只有咒語可解除咒語／只有謎可以到達另一個謎……」，他的〈天使樂園〉組詩一方面思考詩歌和理念的言說，另方面也實踐了以咒語解咒、以謎到達另一個謎的詩語言，並以此有效地建立和捕捉到只有透過這樣的言說方式，方能達致的觀念。

純詩理論拒絕把詩顯淺化和矮化、拒絕從俗順世，詩所達致的觀念高度為無可替代，詩就是以獨特的言說方式創造只有如此言說才能創造的觀念，詩以一言化生萬念，這就是它的經文性。無詩的社會何等平面、封閉、愚蠻，詩無用？詩沒有市場？詩沒有讀者？夠了，我們一說話，經文就發笑。

# 文藝的同命與奇零

一

捧讀陳麗娟詩稿時，我總一再想起兩部談及女性作家處境的電影：有關吳爾芙（Virginia Woolf）的《此時此刻》（*The Hours*，台譯《時時刻刻》）、改編自日本作家林芙美子同名小說的《放浪記》。即使該兩部電影以女性為主要故事人物，其所表現的也許還不止於性別問題，而更關乎具獨立個性的人，如何在平板的、千人一面的社會中，掙扎出個體自主的聲音；其間，由於時代與政治諸種問題的偏至，女性於實現自主，特別文藝思想方面的特立，的確比一般男性面對更多障礙，其所涉及的掙扎也更深沉。

電影《放浪記》由成瀨已喜男導演，取材自林芙美子的同名自傳體小說，「放浪」有飄泊流浪和不隨時俗之意，講述林芙美子如何在窮愁中堅守文藝，掙扎出自己的聲音。《放浪記》的情節具有「成長小說」特質，都是講述主人公

如何在窮愁困頓的生活中，經過不懈的努力，屢遇挫折再克服而終於成功的過程，並由此而達到激勵讀者的作用。但電影和小說《放浪記》真正耐看的原因，是在「成長小說」的模式之中，淡化容易煽動讀者的成長——努力——挫折——成功的敘事模式，再注入作者特有視角，着力表現主人公本身的限制、她的掙扎、軟弱和自主；她的成功不是一種終於由藉藉無名作者成為大作家的吹噓，而是個體自主和文藝生命的掙扎和實現，由此她既不為社會預設的「成功」概念（包括成功人士、成功女性、知名作家）所蒙蔽，也拒絕娛悅社會對「成功身份」和「成功故事」的預期目光。《放浪記》真正吸引的，是當中透過文藝的啟迪和追求，一再逾越了社會對女性的種種預設，讓微弱的個體也特立於世，並由此回頭真正實現了文藝的本質。


二


　　文藝的本質何其重要，詩歌的純粹、澄明使它更接近於文藝本質，也由此向接近於它的作者和讀者發出復返文藝本質的呼籲和要求。這要求並不虛幻，它有時來自個體對自然事物和自由理念的發現，如陳麗娟的詩作〈在文化中心海旁抽煙〉，提及在工作和緊迫城市生活空間的縫隙中，個體在一刻的啟悟中，回應自由和文藝的呼喚，但該詩最後還是

以城市生活的聲音撲滅前者的呼喚告終，由此而引向作者未言明的對城市生活空間的批評，以及回應自由和文藝的呼喚這行為本身的徒勞和脆弱。陳麗娟的不少作品，如〈死貓頌──瓶中貓〉、〈地車鬼探戈〉、〈假如劇院現在倒下來〉、〈新城市〉等等也是寫城市工作生活的困頓以及在當中追求超越的挫敗。

陳麗娟以奇瑰的想像描述也哀告自由呼喚的徒然，她的想像有時絕望且帶着相當憤怒的毀滅語言，〈假如劇院現在倒下來〉是我相當喜歡的一首詩（我也許會想寫〈假如學院現在倒下來〉、〈假如立法會現在倒下來〉等等），該詩談論一種想像，如劇院中的幽靈、貓、「窩居化妝間的小偷」、「風乾了的芭蕾女孩」等等，種種幽微、慘澹又帶點可憐可愛的想像是如何得以呈現的？正如「還沒有得到市政府批准關門／繼續營業於是指揮／來了」所寫，是由於詩中「市政府」的行政失序而一一呈現，牠們作為「市政府」的反面而在詩中正面呈現，可說也是一種上文提及的「自由和文藝的呼喚」的意象所寄。

以奇瑰、幽微的想像呈現文藝真實，抗衡社會預設並表現自我、穿透社會表象，善寫「奇零者」形象，都是陳麗娟詩歌的重要特點。二〇〇六年十二月，因應香港天星碼頭清拆所引發的抗爭事件，陳麗娟寫了〈亡星之城〉一詩，並曾在集會上朗讀。〈亡星之城〉以食物為意象，串連一系列

的質問，將天星碼頭清拆與事件背後涉及的城市發展政策所導致的一連串生活模式改變的問題相連，質問拆毀舊物和城市發展的意義。陳麗娟以自身的「奇零者」眼光，敏感而細緻地寫出城市的「奇零者」，更報以「同命」的理解，由此而還以世間的「奇零者」包括作者自己，一個發聲和存在的位置。由個人擴展世界再回歸個人，不單是一種人文關懷和視野的路徑，也是一種內外共同擴展出的文藝，上文所言的「文藝的本質」正歷此而實現。

### 三

二○○一年，我為中大吐露詩社同人的詩歌結集《除草》寫序，我除了選介吐露諸君的作品，也不禁想起一九九五、九六年間，參觀吐露詩社參與舉辦的大型詩會「吐露燈」，以及「我們詩社」和「呼吸詩社」相繼成立的日子。在那《除草》的序文結束處，我寫着：

> 那一年，《越界》的張輝創辦了《過渡》，在藝術中心有連串討論香港文學現況的論壇，我們詩社和呼吸詩社也相繼成立，氣氛很熱烈。吐露燈稍後，梁秉鈞和商禽在中大作對談式演講，當晚梁秉鈞應邀出席吐露詩社的聚會，就在范克廉樓那昏暗

而有歷史感的地庫房間，出席的還有陳麗娟、杜家祁和幾位只記得容貌不記得名字的朋友，不知他們現在怎樣？

《除草》沒有收錄陳麗娟的作品，因當時她早已離開了中大。陳麗娟就讀中大時也參加過吐露詩社，大概其時開始創作，九六、九七年間，我已在《詩雙月刊》、《素葉文學》、*MagPaper* 等刊物讀過她的詩和小說。二千及二〇〇一年我協助藝穗會主辦的「詩城市集」第一及第二屆提議詩作者及編特刊，再讀到陳麗娟的詩，二千至〇二年間，我與葉輝、崑南、廖偉棠、關夢南共編《詩潮》，其間亦收到她的詩作。時代詭譎，命途多奇，生活尋常枯淡，又似幻化不可思議，詩與文藝，若於其間一再延宕，原也不易得。

我在《除草》序文寫及九十年代往事，不純是念舊，而是因讀到吐露諸君多首佳作，想及詩歌難以延續的特質，而深感焦慮。香港詩壇屢見新進，當中亦屢見佳作，但他們的延續性卻很低。香港文藝風氣微薄，文藝人才卻從不缺乏，只可惜一再被大潮埋沒。就個別作者而言，是否寫詩其實次要，生命具多種可能，沒理由要求文藝必須延續，然而真正掌握詩歌者透過創作所帶動的洞察、反抗、覺醒和反思，對當下世界的人文空間是十分重要而難以替代的素質，由是詩歌的斷裂、微弱才真正令我焦慮。

因此，我對一直持續詩創作的前輩、詩友心存敬重，更為與我差不多同代的作者一路走來的路而倍感親切，我想像，我們其實也走着差不多「同命」的路。因着同命，我們何妨把人間的奇零也連結，抗衡世界的偏至和預設，記錄時代，也實踐文藝──一種超越的本質。

二〇一〇年六月三日誌

# 本源的暫現

一

劉偉成在〈光污染〉一詩中，談論文明對自然界的干擾，相關的討論可以引申向環保，以至有關資本和權力等等熱烈的議題，但這詩真正談論的，還是寂寞地指向對觀念本源的思考。〈光污染〉一詩先指出一般常見的水污染、空氣污染、泥土污染與光污染的分別，前三者的污染都由外在異質的事物引起，後者的污染卻源於內在的本質，污染光的事物，也是光；光可以被污染，也可以作為污染物。

「光污染」是一種現象，也是一種觀念，前者因視覺上的差異而凸顯，後者透過反思和醒覺而獲悉，再進一步引申，我們從傳統知識傳遞或正規基礎教育中獲悉的光印象，如光是美好的、正義的、充滿希望的，都在光污染的處境中被扭轉。正規知識的扭轉，也是一個有關本源的問題，而「光污染」正作為這扭轉的關鍵。光照亮黑暗，「光污染」

卻使光成為蒙蔽者，如果光是本源，光就是本源的摧毀者，
「一切美麗光明物，一切活潑生靈」，美麗也令人噁心，活
潑另有它陰暗的反面，只是那反面依然那麼眩目、那麼積
極，中人欲嘔地光亮着。

以上當然未必是〈光污染〉一詩的本意，〈光污染〉對
於原本談論的文明、美好事物與觀念本源，沒有歌頌或聲
討，也沒有反芻既有的討論，而是發揮、變化、轉移「光」
一詞原有的複雜意義。這是〈光污染〉一詩吸引的地方，
也是詩的力量，它有效地反思既有觀念，在檢視文明的問題
前，先把觀念還原，再把言説引向更多可能。


二


在有關瓦當的一組詩中，劉偉成尋索記憶與歷史的本
源，從家庭延伸至文明和歷史，他談論的是真相：「即使《獅
子山下》的編劇／也不知該如何編串背後的故事」（〈公共
屋村中的天井〉），即使多具誠意，寫實不會也不必等同真
相，無論是蹩腳或高明的寫實，同樣有它距離真相的緣由，
但只有清醒者明白箇中關係。劉偉成在〈公共屋村中的天
井〉、〈媽媽的天井〉等詩中，努力重構過去生活片段，當
中固然有寫實的部分，但詩的言説方式還是有力地指向對真
相的質詢。在〈蓮花瓦當〉、〈秦漢瓦當〉等詩中，劉偉成

把目光擴展至文明和歷史，在這些詩當中，瓦當的圖樣、瓦當的生產和流傳，固然是文明和歷史的表徵，但那樸拙、那破碎，有如詩中的關注視野，同樣指向本源。

本源是怎樣呈現的？在另一組與記憶相關的〈上環正街〉、〈西環山道〉、〈白蘭花香〉等詩中，敘述者尋索生活的本源，最後發現本源的傾斜，本源在尋着的一刻成為不可能：「斜度稍緩，盡頭是電車的路軌／給車輪磨得光亮，叮叮，叮叮的」（〈上環正街〉），但也是這一種不可能和失去本源的醒覺，同時讓本源美麗而可怕地成為了詩。

本源是美麗光明物，是一切活潑生靈，尋索的行為無法接近本源，唯有詩的言說方式，如〈白蘭花香〉：「漸沉的夜色，流過我身邊／如斯輕柔，便把青澀的讚歎／拖長成一抹淡然的牽念」，才把變化和流逝還以原有的溫婉輕柔，以淡然而多義的語言，讓本源那白蘭花香的本質，得以暫現。

〈上環正街〉、〈西環山道〉、〈白蘭花香〉等詩尋索本源，但詩不因尋索本源而成為詩，因為詩本身就是本源。詩是最接近本源的言說方式，日常語言卻不受控制地湧向前方，被大潮吞噬。我們有時把日常語言放入詩中，它就立即凝住。日常語言摒棄本源，但不會摧毀本源，唯有詩接近本源，也摧毀本源。大潮吞噬日常語言，但不會吞噬詩，詩只會被它那摧毀本源的本質所吞噬。

三

「青青草場綠樹林，我們大家遊戲……」八十年代中
期，香港政府有一則防止山火的電視宣傳，以基督教聖詩
〈美麗光明物歌〉為配樂，小女孩以青澀的歌聲，在山火過
後廢墟一樣的山坡中清唱，歌聲美麗、幽深而可怕，就像我
一直追求着的詩。

時光推前再稍移後，在九十年代初，市面上有《詩雙月
刊》、《素葉文學》、《香港文學》、《星島日報‧文藝氣象》、
《華僑日報‧文廊》等多種刊登新詩的園地，連以藝術評論
為主的《越界》也刊登詩。我除了在這些刊物追看一直留意
的作家，也陸續發現許多新作者，當中有八十年代中就出現
的名字，也有九十年代初好幾屆青年文學獎的得獎者，略前
有小西、樊善標、Del 等等，稍後再有智瘋、張少波、葉英
傑、盧展源、佘俊熹、劉偉成、邱心、馬堅騰、秋城、洪濤
等等，並以他們作品的內容，認定他們都是我的同代人而倍
感親切。

一九九五年二月，在王良和先生溫煦的家中，第一次
與張少波、葉英傑、盧展源、佘俊熹和劉偉成會面。那天偉
成因事遲到，我還暗忖會否錯失會面機會，幸好他在聚會結
束前趕至，並以信實、堅厚、可靠、不會破裂的聲音，讀出
了一首以玻璃為主題的詩。彷彿那聲音就是本源的一部分，

教我一直牢記，稍後，從二月到六月，經過幾個月間多次由不同人組成的聚會、討論和機遇，我找到偉成和其他詩友開始籌辦一份文學刊物。

十年前或更早，一些事情發生了，這就是我們的本源？沒有人知道本源的原委，只有詩能接近本源。正規基礎教育偽裝本源，唯有詩帶動的醒覺，教我們覺察到本源的失落與不可能的同時，讓本源暫現。場景挪移，文字更迭，有臉容也有聲音，我認得，那是廢墟中青澀的歌聲，美麗、活潑而殘酷。

二〇〇五年一月記

# 曾是寂寥金燼暗

凌晨回家路上，遇一男子倚欄杆半躺半坐於街邊，雙腳直伸平放地面，一些好心路人正在察看，但見他應答幾句，揮手示意路人離去，似無大礙。我走近一瞥，認出是多年沒見的詩友，曾在朗誦會踫面，但已逾多年未見其詩。

我蹲在他身旁，見他閉眼睡着，我喊他名字，他才睜眼看我。原來剛才飲宴後散席回家途中，因酒醉頭暈暫歇路邊。我説他就這樣躺在路邊很危險，建議送他回家，他堅拒。我問他近況，他含糊應答幾句，又閉眼欲睡。我想問他取名片日後聯絡，但沒有開口。我走了，你自己小心財物。

醉客我見多，像他這樣瀟灑地獨自醉臥街頭，卻又帶一二分清醒的不多見。含糊應答間，他神情落寞，好像説轉了職，剛才飲宴上又似多有不快，未知失落何事，關於寫詩我倒沒有問。如果自身都放棄了，詩還有何位置？誰還可以在乎？我記得他的詩，喜歡融鑄古典詩詞，奇麗迷離似美成遺風，嘗誦義山詩句：「曾是寂寥金燼暗，斷無消息石榴

紅。」但這刻他怎麼了？我不知道那是瀟灑還是放棄。

　　酒醉總有前因，詩卻沒有，可以在不覺間湮滅，多脆弱。詩流動着，詩又哽塞胸臆，感覺逐漸萌生、擴大，詩與非詩一一照見自己，確知那洶湧並非烏有，像聽見 Satie 的樂聲：我不想奔跑只想説話；只是説不出一切的禁忌，未知那追求、那衝破的後果會是如何。酒也無法替代詩歌，那麼一份職業如何？一種流逝又如何？我終於讀懂了一種詩歌，教一切暈眩。

　　過馬路前，我回頭再望，他仍躺着，雙唇緊合；他其實不是瀟灑，也不是放棄，而竟是堅執。詩還有何重要？拒絕醒來，原比誦詩可貴。我也想暫歇，但這不是馬路，而是虎口。我走了，你隨後也會來。

# 同命幽靈的對語

　　誰是香港的幽靈？一個一個的南來作家、本地文學者、消失的文化、一整條街道、整片歷史社區，也許還包括工人、教師以至每一個被視而不見的活人。社群的消失或本土文化的隱沒，有時基於歷史的洗刷、有時出於政策的偏頗和市場的計算；大多已無法逆轉，那所謂的「趨勢」或「潮流」，像滾下斜坡的泥石流，只能看着它滾至盡頭。

　　每一個年代和地方都有它的幽靈，此所以人們發明文學、音樂、戲劇和攝影，記錄流逝，藉此與各種幽靈對語，讓他們以另一種形質再生。文藝有時或會被挪用為政策一部分，有時難免也湮沒在歷史潮流中；唯當文藝重以特立的眼光探視被時代遺忘的幽靈，消隱事物還可以共文藝者建立新的創造、情志和詩境，廓清幻象，引向超越，也攜同願意思考的讀者，自各種趨勢和潮流的泥石流中逃脱。

　　在廖偉棠的詩歌及攝影集《和幽靈一起的香港漫遊》一書中，他談及的香港幽靈是白駒榮、杜煥、戴望舒、蕭紅、

張愛玲，還有無證媽媽、地盤黑工、變成廢墟的利東街、被窄化媚俗化的維港、已結業的書店、抗爭者、示威者、街頭藝人、詩人⋯⋯作者有時是記錄，如寫訪尋戴望舒香港舊居的〈薄扶林道・尋林泉居〉；有時是代入幽靈的語言，如寫杜煥南音名作的〈男燒衣〉；也有時邀請幽靈一起對語，如紀念張國榮的〈春夜慢〉。

　　重要的不單是題材，亦在於語言；或者說，在文學而言，語言其實比題材更關鍵，是語言的創造教本書真正耐讀。廖偉棠對歷史和政策暴力的憤怒，見於激越的〈灣仔情歌〉、〈皇后碼頭歌謠〉；更見於沉潛的〈觀塘，翠坪村〉、〈荃灣，石圍角村〉等作：他一系列經過探訪、了解而作的「準來港女性」系列詩歌，記錄一個一個由於莫名其妙的人口政策而命途多舛的女性：「她依舊每三個月回去一次四川辦雙程證，／證明不存在的雙城。中間一個她／雙手抱緊兒子，兒子的所有證明都背在身上：／準生證、來港證、綜援證、求情信⋯⋯如大海上浮冰」，她們住在石圍角村、翠坪村、寶田中轉屋，一個一個交通不便的社區，詩歌以城市邊緣地貌烘托出她們的孤獨和隔閡，〈荃灣，石圍角村〉在連串荒謬事件的寫實描述之後，以靜好的屋村一景作結，可說是全書最深沉的聲音：「另一面，是城門谷游泳館，游泳館後面，／是石圍角村，石圍角村，生活靜好，離黑夜遙遠。」作者以無言牽引出情感，一種淡漠的哀愁，以沉潛引出更巨

大的憤怒，一再引證，最終極的憤怒都總是無言。

讀「準來港女性」系列詩歌，我難以不坦言被它的深沉一再觸動，許久沒有過的讀當代漢語詩歌新作的體驗。那深沉源於對現實真象以詩歌方式予以的穿透：

> 我繼續在屋村裏走
>
> 走過勝利了的你，仍看不清面目
>
> 走過無數靜坐如我父親的老者
>
> 走過抬頭看天如我母親的清潔工人
>
> 在以為有路的地方沒有了路。
>
> （〈觀塘，翠坪村〉）

這組詩歌以懷着感通的寫實道出，一切的對象都不是他者，而是有着共同的命運，面對共通的荒謬。強烈的感應和認同，使「準來港女性」系列詩歌的作者不是一個外來的「寫手」或「作家」，而是一個與人間同一呼息又在文藝的超越之間來回的真詩人；如同寫〈故鄉〉和〈野草〉的魯迅，那經歷細察和感通之後的憂愁和一點悲觀，出於對現實的絕望、虛妄和希望之間，認清了被種種制度、政策或冠冕浮詞所遮蔽的、隱而不彰的真實：在以為有路的地方沒有了路。

只要願意想像和代入地感受，理解詩歌並不困難的；但是要把詩歌分析透徹，實與詩歌本身的語言創造同樣困難，

卻也同樣具挑戰性。詩歌除了內在的視野、題材和態度，最關鍵也最容易區分優劣的就是它的語言。詩人着力於語言，有如刀劍之於武者，《和幽靈一起的香港漫遊》一書在香港題材以外，最能見出廖偉棠多年以來所建的風格化詩歌語言。那融鑄古典詩詞同時結合搖滾樂的新詩歌語言，具很強的音樂性，其表現力有時來自押韻，有時源於節奏變化和語文上的頓挫；以之所造詩句的可歌可誦性，結合寫實詩歌的淑世精神，猶如一種「現代新樂府」，或新的「現代歌行體」，在一般閱讀欣賞以外，也在當代漢語詩歌意義上另立門徑。廖偉棠從二千年代初的「敘事歌謠」以迄於今的「歌行詩學」，承接無數前代詩人的形式創建，有待另文再議。

讀「準來港女性」系列詩歌，實可與曹疏影、鄧小樺編的《是她也是你和我：準來港女性訪談錄》一書（香港：香港婦女基督徒協會，二〇〇八年）並讀；該書記錄十位香港女性作者，與十位準來港女性的訪談，陳麗娟從阿芬的故事談到執筆者的位置，黃靜從平平的故事想起自己的親人，張婉雯透過阿杏的故事批評主流媒體的成見，一段一段生命的傾聽、感通和自省，記載故事也引向文藝者自身的超越。讀《和幽靈一起的香港漫遊》和《是她也是你和我：準來港女性訪談錄》二書讓我相信或至少有一刻懷着虛幻的希望，我們還可以在以為沒有路的地方看見了路……

# 轉化中的覺醒
## —— 黑鳥音樂回顧

　　二〇〇七年春，黑鳥樂隊把一九八四年以來自資出版的音樂盒帶，包括《東方紅》、《宣言》、《民眾擁有力量》，以迄九九年最後巡迴演出的記錄《黑夜驪歌》重新製作為七碟裝的《黑鳥全集》。七月份，再把九十年初的《黑鳥通訊》部分文獻結集，出版了《在黑夜的死寂中歌唱》一書。聽着黑鳥時而憤怒抵抗、時而頹廢鬱結的歌曲，喚起八十年代多元的樂隊文化，音樂訊息中的自主、反抗和掙扎，不獨是八十年代的記憶，也許更多地指向今天。

　　陳冠中在《事後：本土文化誌》回顧七十年代的《七〇年代雙週刊》、《號外》和《文化新潮》，還有八十年代的新浪潮電影、前衛劇場、平面設計、時裝、流行曲和電視文化，強調當中追求前衛又帶一點優雅的都市趣味；那確然是個文化多元共生的年代，而透過黑鳥歌曲及《在黑夜的死寂中歌唱》一書的文字記錄，還可以補充八十年代同樣多元的音樂文化。

當時市面上可以同時找到多份音樂刊物，包括有《結他雜誌》、《音樂一週》、《年青人周報》、《助聽器》、*Top*、《音樂通信》等等，樂評人 Sam Jor、Blondie、郭達年、馮禮慈、袁志聰等人，對歐美各種音樂潮流每多評介，部分相當硬朗嚴整，八十年代香港樂界的多元局面實由樂評人與樂手共同締造，由此在香港本土湧現眾多流行、搖滾、民謠、電子、重金屬、歌德、崩樂、爵士等不同類型音樂組合，從現身高山劇場的「地下」音樂會至走進商業唱片市場都有，然而黑鳥大概不屬於任何一種，他們重視音樂或搖滾的訊息，多於技巧，不提供休閒動聽或強勁發洩的消費感覺，不消費也反對被消費，以音樂回應政治但不全然為狹義的政治，更強調帶動覺醒，此所以他們不願被標籤為「地下」。

　　由一九八四至八九年，黑鳥自資出版了《東方紅》、《宣言》、《活此一生》和《民眾擁有力量》等卡式盒帶，大概是他們的全盛時期，樂曲訊息明確而多具反建制意義，包括洞悉選舉假象的〈冷屍掘路〉、關注工人階級的〈發火〉、聲援在中國內地和香港因爭取公義而受壓迫人士的〈給獄中的人〉、反核電特別聲援當年反興建大亞灣核電廠運動的〈核塵灰〉、談論從六十至八十年代對抗爭運動的承傳的〈公開的邀請〉，以至用富於民間音樂傳統的廣東南音，唱述由鴉片戰爭至過渡時期歷史故事的〈香港史話〉，黑鳥或郭達年真正建立了他們所説的自主和拒絕被支配的聲音。

黑鳥的音樂包括了藍調、搖滾、民謠以至廣東南音的類型，這也是他們有異於同時代其他樂隊的原因，難以籠統歸類，但或可說他們是一種「訊息主導」的音樂，以樂隊音樂形式表達觀念，散播覺醒的訊息，以至到後來在九〇年創辦《黑鳥通訊》，標示「音樂／文化／生活政治」，同樣以低成本方式印製，陸續出版了七期，有樂評、書信、活動消息，也有詩歌和文化評論，譯介外地樂評，轉載台灣劇場工作者鍾喬評介菲律賓的民眾音樂，實把盒帶時期的訊息進一步擴展。

　　黑鳥雖強調訊息，其音樂本身也不簡化粗糙，收錄在《宣言》的純音樂 "Internationale"，仿照 Jimi Hendrix 一九六九年在胡士托音樂節變奏美國國歌的彈法，改編成酒醉版的《國際歌》，跌盪而抑壓的演繹，在頹敝和消沉中顯出更大的抵抗和叛逆；這演奏固然需要一定的電結他技術，要達到 Jimi Hendrix 樂風效果的話還須改變正常的結他調弦以及在聲效器運用上加以調校，但更需要奏者本身敏銳的洞察和感知能力，以此運用於對《國際歌》的變奏所達致的境界，迄今未見來者。在八九年的《民眾擁有力量》盒帶中，黑鳥以眾唱形式再錄製《國際歌》，在起首插入當時天安門廣場上的真實錄音而更見震撼，其力量或只有九十年代初中國內地的唐朝樂隊版本《國際歌》可堪比。在較靜態的藍調音樂中，《宣言》專輯中另有一首 "Last Thoughts of

83"，由郭達年彈藍調結他，蕉露（亦即今天講故事的雄仔叔叔）以英語讀出由觀看電影《單車失竊記》後所寫的詩，並到中環天星碼頭外實地錄音，以真實、虛無、鬱結而覺醒的詩歌與藍調，對應一九八三年底璀璨燈飾下的香港都市。

音樂如何帶動覺醒？在〈核塵灰〉所談論的反核，其實當時達明一派也有一曲〈大亞灣之戀〉，其他流行樂隊如 Raidas、Beyond、太極亦有不同的社會關注點，我想，黑鳥所強調的政治覺醒其實並不孤立，從這角度看，黑鳥的音樂仍是一種搖滾，具省察力的搖滾本就散播理想和願景，除了抗爭和憤怒，搖滾者所追尋的理念世界仍在不同的時空裏承傳，由 John Lennon 的 *Imagine*、*Power to the People*，Patti Smith 的 *People have the Power*，至黑鳥談論跨越國界的《宣言》實一脈相承，九十年代 AMK 的《二〇九四年》也承接再演化這訊息。

當然政治覺醒除了黑鳥的訊息形態，八十年代香港的獨立樂隊亦以音樂形態提出過，記得一次在港府剛通過修訂公安條例，規定在公眾場所禁用俗稱「大聲公」的手提擴音器，一隊玩工業噪音的朋友，在高山劇場的音樂會上刻意運用「大聲公」向着咪高峰半喊半唱，再於台上燒焊鐵筒，未幾遭場地保安切斷電源，因違反高山的安全條例而被中止演出，但他們以挑戰臨界點及抗命的形式，已成功展示出鎮壓異見的形態，凸顯條例的荒謬性。

八十年代樂隊文化的豐富除了不同聲音，也包括其表現形態也多元，關注面闊，由勞工剝削、性別歧視、中國內地與香港的政治、國際局勢、文化環境都有，不限於基層或工人問題。在更廣闊的藝術層面中，黑鳥和香港八十年代的樂隊文化不只是音樂，也是自主的抵抗。社會的不公義和荒謬總會在反面構成對其抵抗的召喚，然而語言訊息本身的傳播力或者不足，透過音樂、文學或其他藝術形式的轉化和提煉，經過活化的訊息在不同時代總會催生新的覺醒。

二〇〇七年八月記

# 紀念黃家駒

　　一九八六年在高山劇場，第一次聽 Beyond 唱〈再見理想〉，不少人認為那是早期 Beyond 樂隊的自白，其實這首歌寫的是七〇年代的樂人，黃家駒與黃貫中八九年接受《結他 & Players》的訪問時說，舊一輩組織樂隊的朋友因樂隊風氣沒落，只能在一些夜總會作伴奏，最後不得已解散。把〈再見理想〉作為向香港舊一輩樂人的致敬之作，相信是更有意思的理解，六、七〇年代之交，香港流行音樂風氣的轉變，正是由一班組織樂隊的朋友帶動，可惜在香港的大眾文化中，「音樂」這元素未得到應有的尊重，從夜總會的伴奏樂隊，到八〇年代的偶像演唱會，樂手總是被「藏匿」在隱閉的角落，沒有名字和面孔。〈再見理想〉作為一首「樂手之歌」，在蒼涼、憤懣的氣氛以外，更可看出八〇年代的 Beyond，自覺到他們的位置，很清楚自己追求的是甚麼。

　　八〇年代中期，香港的流行樂界再次興起樂隊潮流，像另一次循環般帶動另一種風氣，曾推出自己唱片的有「浮

世繪」、「小島」、「凡風」、「Raidas」、「太極」、「Blue Jeans」、「達明一派」、「民間傳奇」等樂隊，包括搖滾、電子、民歌、流行等不同風格，他們的音樂元素已相當豐富，此外還有完全獨立（不附屬於任何唱片公司）的「黑鳥」、「盒子」和稍後的「AMK」等樂隊，他們活躍樂界的時間縱使只有一兩年，但都留下了具水準的專輯；還有同時期的《結他 & Players》、《助聽器》、《音樂一週》等音樂刊物，以及一些別具眼光地引進外國獨立廠牌唱片的小型商舖，應視為整個八〇年代由樂人所創建的音樂文化的一部分。Beyond 作為這文化的一支，長期處於商業夾縫中，始終抱持明確的訊息，外界總不斷有「從俗」的要求，強大得無法抗拒，在〈俾面派對〉、〈不可一世〉、〈過去與今天〉等歌曲中，我們聽到的是比輕易接受或斷然拒絕更複雜的聲音，在認清了一切之後，向那不得已的「就範」力爭一點微薄的立場，在限制中放置可能、在宿命中求取自由，是比空喊反抗更令人動容的宣告。

在憤怒以外，Beyond 有更多較正面的〈可否衝破〉、〈不再猶豫〉、〈衝開一切〉、〈勇闖新世界〉等歌，「理想」是經常出現的字眼，從八六年的〈再見理想〉至九三年的〈海闊天空〉，「理想」一詞始終貫徹其間，連歌頌母愛的〈真的愛妳〉也沒有忘記提及自己的「理想今天終於等到，分享光輝盼做到」，早期 Beyond 許多歌曲的基本訊息都是擺脫

目前受限的困局，追求心中理想，我想香港的樂隊以至流行歌手，沒有像 Beyond 那樣經常發出近乎「理想泛濫」的訊息。

　　早期 Beyond 要衝破的，相信也包括不得已而唱的〈喜歡妳〉等情歌，可惜正如他們在訪問中提過，他們愈是討厭的歌，就愈是受歡迎。Beyond 未必仇視情歌或商業，何況搖滾樂在外國本是很流行，有些也很商業化，只是在香港就被視為「另類」，這卻是他們無法衝破的怪象。一九九九年三人 Beyond 延至世紀末的最後一張大碟，再沒有「理想泛濫」的歌詞貫徹，而是代之以一曲〈荒謬〉，淡然地道破一切真實的所有：「某天人生多麼優美，這天人心肚滿腸肥。」

　　十年前，一九九三年六月三十日，黃家駒意外逝世，還記得九〇年代初，市面上有一股懷舊的氣氛，懷緬六〇年代的電影有《九二黑玫瑰對黑玫瑰》和《阿飛正傳》；講七〇年代保釣和學運的有小說《紅格子酒舖》；走在街上，許多少女穿窄身花恤、闊腳牛仔褲、梳中間分界長直髮、身繫七彩膠珠飾物，宛似回到七〇年代，黃家駒最後參與的唱片《樂與怒》在編曲和彈奏上更有意向七〇年代的搖滾樂致意，我相信九〇年代初那懷舊的氣氛不是一時的潮流，而是對當下的現實有所不滿，各式懷舊作品和衣着潮流所指向的不是重回過去，卻是當下的缺欠。《樂與怒》延續〈光輝歲月〉中歌頌黑人民權領袖曼德拉、"AMANI" 中關懷第三世

界的淑世精神，多首歌曲宣揚反戰、和平、博愛，〈爸爸媽媽〉則暗喻當時香港「過渡時期」的政治現實，《樂與怒》結合懷舊心情和當下問題的回應，Beyond 長期以來的憤懣和壓抑，全都得到實在的指向，包括那帶點虛無的理想，也清晰地呈現為〈海闊天空〉式的意象。如果〈海闊天空〉漸漸也變成我們懷舊的對象，偶然在卡拉 OK 房間那永遠唱不準的音調裏延續，不過在暗地裏説明，那音調、那境況，同是我們目前無法達到的標準。

八〇年代一度樂隊雲集的高山劇場早已改建，在昔日那半露天的前台，樂手調校器材期間，揚聲器總不時發出刺耳的 feed back 回音，台下觀眾報以零星喧嚷，既興奮又帶一點不安的煩燥。突然響起了巨大的聲音，聽不清歌手在唱甚麼，卻好像在説：「這裏、這裏、這裏」，許多觀眾像被招聚的遊魂，紛紛湧到台前，要抓住失去的甚麼。到電結他過門獨奏時，又好像在説：「那裏、那、那裏」。就是那巨大的聲音，在日後仍然持續，接近二十年後三人 Beyond 重唱新編的〈永遠等待〉，復有更巨大的搖滾，把我們擺盪在「這裏」和「那裏」。

# 卷三：這時代的文學

# 文學的停寫重寫

在剛結束的香港書展中，見有不少香港文學新書出版，其中我認為黃碧雲的《微喜重行》、鍾玲玲的《生而為人》和鍾曉陽的《哀傷紀》都是重要的新書，與此同時，《字花》雜誌刊出收錄黃碧雲、鍾玲玲與鍾曉陽三位作家的新作、專訪與相關評論的「她們仨」專輯，無疑是該雜誌改版大半年來，最使人矚目的專題。黃碧雲等三人都在專輯的訪談中被問及「停寫與重寫」的問題，其實也同時是許多香港作家共同的處境，在訪談中，三人對文學寫作的自省和敏感躍然紙上，為讀者了解其作品提供參考，也為有志繼續寫作的人提供經驗，三人「停寫與重寫」作為一種文學現象，讀者由此引發的不只關乎三人作品的研讀，實有更廣闊的關懷面。

三人對文學寫作所為何事的問題，提出不同向度的思考，我知道許多作家也有類近的關於「停寫與重寫」的掙扎，文學寫作在香港，讀者固然不多，迴響更是石沉大海，

作家的專業不受尊重，稿費和版稅微弱得令人咋舌，文學書刊銷情差、發行制度不建全，種種現象長年持續，以至使得談論相關話題也變成老生常談，簡單地說，「停寫」有千百萬個理由，而「重寫」絕對不為讀者，更不為市場或利潤，最終很可能只為了個人生命的實現，如果不是一種嗜好、興趣或習慣，就是近似一種宗教性的持守，「重寫」，成了「好好活下去」的憑藉。也許文學生命也差不多是這樣，沒甚麼可以多求，可能正是如此，使黃碧雲等三位的新書，以及《字花》刊出的專輯或整個文學現象的焦點，不再只是三位作家本身，而是包括所有認真看待文學寫作的讀者和作者，還有無數在「停寫與重寫」邊緣上掙扎徘徊的持續寫作者。

　　我想起，與黃碧雲、鍾玲玲與鍾曉陽三位作家一樣經歷「停寫與重寫」，而且也差不多是同代的女作家，還有辛其氏，她兩年前出版小說集《漂移的崖岸》，而再對上一本小說集，已是一九九四年出版的《紅格子酒舖》。辛其氏、黃碧雲、鍾玲玲與鍾曉陽四位的作品，都是我少年時代就已拜讀，記得首次讀到辛其氏的書，是台灣洪範版的《青色的月牙》，之後再零星地讀到她的散文，喜歡她敏銳、善感而實在的文筆，一九九二至九三年間在《素葉文學》讀她回顧七十年代一輩文藝青年與社會運動故事的《紅格子酒舖》系列小說，雖然似乎在評論界沒多大迴響，但在我本人來說，是十分具啟發的閱讀經驗。

辛其氏二〇一二年由素葉出版的《漂移的崖岸》，收錄她多篇新舊小說，包括二〇〇三年以來在《香港文學》發表的幾篇，內容有如《紅格子酒舖》的續篇。她們那一輩女性作家，斷斷續續地寫過新詩、散文和小說，七八十年代勤於發表，後來又稍為沉寂的，我還想起有吳煦斌、肯肯、陳寶珍和適然，她們都創作出獨特而無可代替的文學聲音，肯肯於二〇〇四年出版散文集《眉間歲月》，適然在二〇一一年出版小說集《屋不是家：混聲合唱》，陳寶珍近年在《香港文學》發表多篇小說，吳煦斌八十年代出版散文集《看牛集》後，未有新的結集，但她近年也曾在香港公開大學客席教授寫作，或可以說，以上幾位其實從未在文學寫作裏「沉寂」，但生命和生活本有多種可能，文學是其中一端；教我們投入又疏離、認同又猶豫的，不是文學本身，而是這世界對文學及其所涉及的理念思考，每多扞格，我們對此也無法漠視。

不同寫作者所經歷的「停寫與重寫」，實各有緣由，不能勉強混同，但最終，寫作者如果選擇重寫或繼續，同樣也不只關乎文學本身，應是經歷了某程度的超越，可能超越了文學本身，也可能超越了社會的扞格，或者，文學本身比我們想像中還要紊亂，它包括我們珍惜的理念和情感，也包括種種令人抗拒的荒謬世情，文學包括了反文學，關鍵在於寫作者是否能夠直面文學。文學其實也參與對於寫作者的扞

格，文學從不乖乖地等待被創作，文學不斷逆反自身的規律以至倫理，甚至摧折它的創作者，文學有時以自殘、自毀、自虐來達致它的超越，有時以反文學的方式，淪為宣傳、廣告、謊話來考驗或取笑世人的語言能力，文學以浮誇和虛飾得有如地產廣告的言詞來建立假象，文學對世人的播弄，不下於政治、銀行和保險。文學的真實與假象同樣不易彰顯，關鍵在於寫作者能否直面。

這時代的文學

# 香港文學的提問

　　過去許多次在有關香港文學的座談會、講座等活動上，觀眾的提問甚至主辦者的開場白中，經常包括「香港有沒有文學」或「香港是否文化沙漠」這樣的提問或預設，從我讀中學時作為台下的觀眾，至今天我作為台上的講者，這問題已不知聽過和解說過多次遍，我覺得這現象本身已可以作為研究課題，至少可以是一篇碩士論文，整理有關「香港有沒有文學」或「香港是否文化沙漠」的提問和解說史，但當然從來沒有這樣的研究，對此我不感訝異，我最擔憂的，是我一再面對類似的提問時，與首次面對時沒有兩樣，每次都很平和、冷靜地說明，希望弄清楚問題，如果當中的耐性是出於一種習慣，卻並不是好事。

　　香港是國際金融大都會，但香港有沒有野生植物？問題不是有沒有，而是香港在怎樣的自然環境和氣候條件中孕育出植物？香港的植物與其他地區的植物有甚麼分別，又有甚麼特點？回到文學的論題上，香港的文學，在討論它的

內容和特點之先，有更先決的客觀條件可以辨認，就是香港文學的空間載體，香港過去和現在有多少容納文學作品的刊物？有多少文學書籍出版？它們的銷情如何？公共圖書館的本地文學出版物有多少借閱量？中學和大專機構有多少與香港文學相關的課程？學術界做過多少有關香港文學的研究？香港的文學與其他文化藝術界以至傳播媒體有多少交流合作？這都屬於香港文學的外緣問題，具一定的客觀情形可以掌握，也可以透過這些客觀情形而了解香港文學的內部發展。

當然最核心的問題是香港文學作品的內容和水準，例如香港的作家關注些甚麼？作家運用哪些寫作手法？形成怎樣的風格？在同一語系的文學中，例如與中國大陸、台灣以至海外的華語創作並置時，可以怎樣比較？當判斷或評論一部作品的水準時，有哪些條件可作為評價的準則？可否從公認的文學藝術標準，或是跨地域性的閱讀口碑、學界論述、文學獎項去衡量？

即使就單一作家的作品而論，我們可以問的是，該作家在怎樣的文化環境中創作？他面對怎樣的讀者？回應怎樣的問題？作品所抒懷的情感達致怎樣的幅度？作為在香港孕育出的文學，該作品與香港有甚麼關係？該作家有沒有回應時代和社會的現象？在悠久的文學流變傳統中，該作家對昔日的文學傳統有沒有承傳？他或她懷抱怎樣的文學觀、歷史

觀以至世界觀？

　　我們對香港文學，的確有許多可以探問，但不是早就應該脫離「有沒有」的層次嗎？如果從銷量、讀者量、出版量來看，香港的文學確實及不上中國大陸和台灣的文學，甚至有些很有水準的文學書籍，在香港的銷量和發行量少得令人咋舌，除非該作品突然成為一種話題，否則銷量只有兩三百或更少，最後連存倉也變成浪費，全數拿去裁切作廢紙尚能最後一次地換回些微金錢，這現象我們甚至覺得正常，只有外地人聽來覺得不可思議，這也許反映香港文化環境中的「沙漠性」的現實一面，但這問題不是因為香港有或者沒有文學，我們更應問的是，作品出來以後，有多少人可以注意到？又有多少人有興趣去認識，或有多少人仍有心力去認識？如果問題出於香港市民的閱讀條件、生活素質、精神生活都環環相扣地每下愈況時，有甚麼政策可以改善？如果政府已忙得無暇理會文化發展，市民或民間又可以如何作自發的文化建設？誰會關心市民的精神生活？誰去關心香港的文化素質？但如果市民自己都不關心，或真的身不由己地只能為房屋和飯碗以至一紙僱員合約而疲於奔命，每天處於工作壓力爆炸的邊緣，那麼作家和出版商又可以如何？

　　還有甚麼可以問？不如問一問永遠被懷疑到底「有沒有」存在過的香港作家，如何在工作壓力爆炸的危急邊緣上，仍然寫出看來平靜的句子？他如何鎮壓另一個隨時崩潰

的自己？如果純粹憑藉文學的理念，那到底是怎樣的一樣文學？其實當代的世界文學本來面對各種和各自的問題，很明白矛盾、荒誕和違反預期的處境，文學人追求現實以外的理念，卻又很了解現實的限制，在表達矛盾，諷刺荒誕之後，我們很願意平伏自己，重新探問文學應有的路向，在生活和社會的不同夾縫空間中，有很多自發應做的志業，我們明白種種問題都不必太負面去想，沒必要提高腔調面對他人。有甚麼辦法？既有不盡的疑問，也唯有竭力平靜才有可能面對。

# 沙中線不滅的想像

　　香港地鐵沙中線土瓜灣站工地發掘出大量宋元清文物，引發我們對過去的想像，而凌亂中等待建造的沙中線工地，則引發我們對未來的想像，二者其實同樣重要，關鍵在於想像。困處現實當中，想像使我們得以超越。文物與遺址引發想像，因為它們引證歷史，使已消失的時空復現，也讓我們得知，時空與人事的消逝，有時並不會全然消滅，而是會為未來留下目前想像不到的部分。

　　除了文物和遺址，文字或文學也提供想像，它更不具體，卻也更不易消滅。近月得知沙中線發掘出文物和古井的新聞，我第一時間想起侶倫筆下的啟德濱，以至前清遺民陳伯陶和吳道鎔筆下的宋王台及二王殿村。記憶中首次知道宋王台的故事，是在我讀小學的時候，好像是在「國語」課堂和「社會」課堂分別聽老師提到，最初的印象似乎是一種古老傳說，長大後自己找有關香港史的書籍來讀，方知都是真有其事，九龍城的歷史遠比我們所知更深遠，而且在歷史事

件以外，糾結着更多前代人的幻滅和寄望。

　　沙中線發掘文物的遺址，似乎是古代的二王殿村一帶，二王殿村即清代《新安縣志》所記載的二黃店村，與深水莆、尖沙頭、九龍仔、土瓜灣等，同為九龍半島古村落，二王殿村改稱為「二黃店村」，相信是為避清朝之政治忌諱，二王原指南宋末年逃難至九龍的宋帝昰（益王）與宋帝昺（衛王）二人。根據陳伯陶〈宋行宮遺瓦歌並序〉一文，清末民初的土瓜灣二王殿村遺址一帶，不時有居民拾得原屬二王行宮的古瓦碎片，吳道鎔亦有詩云：「破碎河山瓦全少，千秋一片重璠璵」，璠璵是珍貴的美玉，古瓦碎片作為歷史遺物，清遺民視如美玉，當中寄託了懷古與山河破碎之思，歷史與理念由此深深糾結一起。

　　我常想，沙中線出土文物之中，可會包括一二片古瓦碎片？它對今日我們的意義，當然不再是山河破碎，歷史想像常常隨時代而變，但一點懷古之思，大概仍是共通的，此外，我們對認知香港歷史之渴求，相信也比古人更甚；因此，如果沙中線工地真的發掘出二王殿村古瓦，它在我們心目中，同樣是珍貴的璠璵：它象徵久被遺忘、資料殘缺的香港史，有待我們從頭細認。

　　宋朝的文物是否比清朝和民初的文物重要？從考古的角度大概是，但從香港史的角度，無論宋朝、清朝和民初的認知都同樣殘缺，我們不認識古代的香港，同樣對近代的香

港所知不多。因此，當我讀到侶倫筆下的啟德濱和九龍城，於我而言同樣是一種「史前」的記述，例如侶倫〈故居〉一文記述他從靠近啟德濱的居處望向九龍城，有如下風景：「可以看見由高聳的獅子山下面伸展過來的一塊巨幅的風景畫：一簇簇蒼翠的樹木和一片灰色的屋頂——是一世紀來不輕易變動的古風的殘留。隱蔽在灰色之中的，是村落，工場，醬園，尼庵，廟宇，園地和人家。一個小丘橫在那裏，小丘的中部，像腰帶似地鑲着古舊卻還完整的九龍城的城牆。」侶倫不單留下一片已消失風景的記錄，更在他描寫的佈局安排中，營造了一種樸實、優美而寧靜的氣氛，甚至可能比實景更優美而寧靜。在侶倫的記錄當中，暗藏了一種創造，但不是無中生有的編寫，而是反映侶倫本人的歷史想像，寄託了他的歷史情懷，蘊含着美好的祝願，而透過該文的流傳，對讀者來說，則可能是一種重新認同土地和歷史的呼喚。

除了一段九龍城的遠景，侶倫在〈故人之思〉一文再有一段面向海濱的近景描寫：「從那走馬騎樓向外望，正面是鯉魚門，右面是香港，左面是一條向前伸展的海堤；景色很美。尤其是晚上，海上的漁船燈火在澄明的水面溜來溜去，下面傳來潮水拍岸的有節奏的聲音。」這樣的風景，實際上是一種呼喚，教我們對歷史，在崇敬以外，多一份親切和認同，更堅定地確信，這樣的歷史，不應被埋沒。

萬物周遊不定，舊事許多都本應過去，歷史的精要不

是停留，而是想像。不論是陳伯陶、吳道鎔或侶倫，他們都以文學為既有的歷史想像注入更多情感和理念，我們需要歷史和文學，正如生活需要想像和情感，而當中的理念教我們確知，有一些事物是不可以流逝的，沙中線考古現場發掘着過去，同時建築起屬於今日不滅的想像。

# 香港的文學教育
## ——從創作與研究的角度思考

一

　　文學教育的本質，在於超越平庸，走出語言的實用性框框，掌握通向藝術和理念之途，承傳文化，成就個人獨立風骨，不因利勢左右，使人性的存在更為完整。文學教育有點像藝術教育，很難量化或以實用、利益判斷，在一次過或一學期的課程和體驗行為之後，更需要持續長期沉浸，它的成敗取決於文化環境的配合、以至藝術傳統與經典的薰陶，也靠賴學生自身的意志和生存空間的支持。文學教育一方面需要有普及層面，因為基本的文學素養，對一般學生和社會的其他方向發展都有長遠稗益，另方面，文學教育更不能忽視本身專精、尖端層面的培育，需要空間予真正有志並具相應水平和條件的學生，從創作、評論和研究各領域向上提升。在實踐方向上，文學教育除了藝術品味的提升，更是視野的銳化，它是個人生命情調以至志業的培育，多於一項技

藝的教習。

　　九七回歸以前的三四十年間，在香港有志於文學的青年，其所領受的文學教育，主要透過報紙副刊文藝版、文化雜誌、書店等媒介以及由民間團體興辦的文學獎、戲劇、講座、寫作坊、展覽等活動，例如六十年代有各種文社和詩社的座談會，有創建實驗學院（創建學會）主辦的詩作坊；七八十年代有青年文學獎主辦的徵文比賽和中學巡訪，有香港青年作者協會主辦的文學營、學習班等等。其間，主流教育體制的參與近乎零，卻是香港文學發展的重要時期，由各媒介及民間團體催生了兩三代的作家。

　　反思九七回歸以前的主流體制內的文學教育，所使用教材長期停留在早期五四作品如冰心的〈寄小讀者〉、朱自清的〈背影〉、聞一多的〈也許〉，實際上為體制外的民間文學教育建立反向、反撥的動力，就是因為受不了考試導向、實用語文導向的體制內教育，才激發具求知慾、懂得反叛的學生向外尋求，例如在教室被迫觀看教育電視中文科節目的詩歌朗誦環節而嘔吐大作的學生，領悟到詩歌不應如此受辱，更自發到書店尋找詩集；上課誦讀冰心〈寄小讀者〉至沉悶欲絕的學生，在書店發現《香港文藝》、《秋螢》、《九分壹》等文學雜誌而如獲至寶。

　　九七回歸以後，教育改革雷厲風行，課程一改二改三改，教師壓力與焦慮如受困鍋爐，疲於處理愈益初階也愈益

瑣碎的教學內容。如此主流體制教育，培育出大批鬱結重重的師生，按理應該催生更多向外尋求文學的學生，可惜九七回歸以後，特別二千年代以後的報紙副刊文藝版、文化雜誌、書店等媒介幾乎全線倒閉，學生接觸真正文學和投稿的園地大大減少，有一段時期，公共圖書館舉辦由關夢南、葉輝、黃燦然等任教的寫作班，以自由、開放的討論氣氛，一時培育出不少青年作者，可惜未有相應的發表園地，《詩潮》、《月台》等刊物壽命太暫，東岸書店、阿麥書房僅數年而止，體制外民間文學空間的急劇萎縮，才是香港文學發展的問題癥結。

中學課程本可普及文學知識、培育閱讀能力、興趣和習慣，可惜在考試和升學主導的環境中，文學教育變成沒有文學的文學教育，甚至引發對文學的窄化、矮化，愈有志向的學生愈厭惡文學，談不上有興趣或閱讀習慣，只徒然生出教育的反效果。因此，文學教育不能過於倚重教育體制，更不必再花時間批評體制或提出意見要求它去改善或「改革」，夠了，教育體制不再摧殘教師、不再磨滅其熱誠已屬萬幸，但有可能嗎？教育體制一向致力摧殘教師以增進「業績」，教師熱誠只能與售貨員看齊，它重視的是數字和消費者（包括學生、家長、僱主、企業、官僚、政客層層壓下式的消費），實際上，教育體制原非一意孤行地推行自己的理念，它推行的本就是一種大眾默許的、配合主流政治社會取

向的工業，在其暢銷品牌連鎖回贈優惠產品系列中，不需要文學，文學也不應受其糟蹋。

香港的真正文學教育，仍必須靠賴民間力量，期望學生在體制中厭棄或被扭曲的，有一天會在體制外重拾，香港文學本來一向在體制外自行發展，關鍵的是，目前體制外的空間——報紙副刊、雜誌（包括紙媒和網媒）、出版、書店、廣播、電影和音樂等等媒介，以及民間團體的發展取向，可容許多少文學空間、自身的視野水平以及持續性（即是資金、經費）可有多久，都是極端使人憂慮的事。一個城市的作家，不能靠中學、大學之寫作課去培育，課程只能是一個啟發點，單靠寫作課所培育出來的寫作行為都很短暫，大部分學員在課程結束後終身不再寫作，這不是課程設計者或執行者的問題，而是外界未能配合，根本沒有發表園地，沒有真正的討論、回應以及可供參與的環境氣氛，創作只能停留在交功課、交習作以求取分數的層次。真正來說，文學的發展必須予讀者、投稿者（不管他們是否學生、是否年輕）有空間，才有機會成為作者以至作家。


二


問題另一方向是高等教育（或稱大專教育）層面的文學研究的教育，本來，香港文學之研究資料，歷年整理了大

量，香港學者、作家如盧瑋鑾、黃繼持、鄭樹森、劉以鬯、吳萱人、胡國賢、黃康顯、璧華、林曼叔、方寬烈、也斯等等，以至大學和公共圖書館，對香港文學史料整理、保存，用力甚深，整理史料並出版多種資料彙編、作品選集、作家傳略、書目、年表、年鑑、資料庫等，其間最重要的有盧瑋鑾、黃繼持、鄭樹森所編之《早期香港新文學作品選》、《國共內戰時期香港新文學資料選》等五書，新近亦有陳國球總主編之《香港文學大系》十二冊，歷年成果可謂豐富，所不足者是利用資料作研究之學生。

以上歷年整理出的香港文學資料，利用它作最多研究、也最關心香港文學研究的，竟然不是香港學生，而是中國大陸、台灣、韓國、日本的學者和研究生，包括九十年代以來從事台港文學研究的中國大陸學者古遠清、袁良駿、劉登翰、王光明、趙稀方，台灣之李瑞騰、應鳳凰、陳建忠、須文蔚、游勝冠、簡義明，韓國之朴宰雨、金惠俊，日本之藤井省三、池上貞子等等諸位難以盡錄，而中國大陸和台灣的碩、博士研究生，也有不少選取香港文學為研究領域。回看香港，在中大、港大、浸大、嶺大、科大的人文學科學系研究生，名額本來就不多，在大學本科開設「香港文學」科的大學亦莫名其妙地少，而受限於師資人數及本科畢業生對香港文學的認識，加上更實際的研究生出路方面的考慮，以香港文學作碩、博士論文題目的更屬少數，我很恐懼，

二三十年後（或更短時期），香港再無本土培育出以香港文學為專業的大學教授。

我們固然感謝中國大陸、台灣、韓國、日本的學者和研究生對香港文學研究的熱誠投入，但香港本身始終不應在「香港文學」的研究領域中過於自限，一方面引人笑話，全世界的已發展城市只有香港，對自身之文學研究數量稀奇地少，大學不開設「香港文學」科，我們視作慣例，卻教外國學者大惑不解；另方面，中國大陸、台灣、韓國、日本的學者各有其所在地之觀點角度和立場，即傾向站在中國大陸、台灣、韓國、日本的角度來評論香港文學，這當然有利於學術研究的多元發展，然而香港本身之香港文學研究之重要性，在於這項領域中持守獨有之香港角度，它的邊緣化，同樣也會是香港角度、特別是學術研究層面上之香港文學理念聲音的邊緣化。

因此，在碩、博士高等教育層面的香港文學研究教育，是刻不容緩的事，香港的香港文學研究教育，本有接近資料來源的優勢，也更容易理解香港文學的歷史背景和社會現象，研究生除了繼續在學術專業發展，也應可在香港的策略發展特別是文化政策以至具體行政上作出貢獻。香港文學研究教育者在其間亟需培育的，是文學傳統和香港角度的傳承，使香港文學既有的人文精神，透過學術論述而能發揚，以至創建新理念。然而在學術和教育角度的討論之先，似乎

更迫切的是回到大學研究經費、撥款、研究生名額以至研究生出路的老問題。

　　香港的文學教育，應該包括文學知識的推廣、培育創作人才和高等教育層面的香港文學研究教育；前二者仍須仰賴民間團體的努力，或教育體制以外機構如公共圖書館、香港藝術發展局的共同努力，其間須有媒介和文化環境的相互配合。文學知識的推廣普及是基本工作，但更須向高處看，追求提升，而不能一直只顧於針對大眾的推廣宣傳，香港文學不應長期在基本層次反覆重述初階內容。文學創作方面，應以培育作家可與中國大陸和台灣的一流作家合作對話為起碼目標，香港文學一直保存「言文分途」的書面語寫作傳統，這本是嶺南文化傳統一部分，香港文學作品正作為「言文分途」的具體語言實踐記錄及藝術深化結果，豐富了傳統中國語言的既有成分，是香港中文書面語的優點所在，也是香港文學的特色之一，「言文分途」的書面語寫作使香港文學有別於中國大陸和台灣近乎言文一致的寫作語言。當中的教育意義，可說是關乎本土，亦超乎本土，除了文學本身範疇的創作，也應可與電影、電視劇本的創作以至跨媒介的創作教育廣泛合作。

　　至於高等教育層面的香港文學研究教育，屬於大學範疇之事，如上文所論，位置十分重要，關係到香港文學的論述角度、解釋態度、話語力量和人文傳統的持守，絕不能輕

率任由繼續忽視。然而大學本又屬於正規教育體制一環，香港的文學教育始終無法擺脫教育體制的羈絆，不過大學教育本就應在體制中保持高度自主，香港文學研究的教育、香港角度的香港文學碩、博士研究生教育，最終能否獨立地受到重視、學者的空間和研究生的出路能否改善，應受到更廣泛關注。

歸根究底，香港的文學教育，不是一般人以為的「文學界別」內部的事，它關係到香港新一代作家和文學研究學者的水平和數量，也就是關係到香港既有的人文傳統和文學理念，以至整體城市的文化水準和視野；如果香港的文學創作以及香港文學研究，與中國大陸、台灣的水平和數量愈趨懸殊，凸顯香港視角和聲音在當中的缺席、弱勢甚至進一步邊緣化，將是華文文學領域中無可挽回的缺失。香港角度的文學創作以及香港文學研究的消失，亦將是香港的消失。

# 香港的舊體文學

　　香港的舊體文學是長期被忽略的研究領域，一般讀者認識不多，過去我們所指「香港文學」的範圍，本沒有包括傳統的舊體詩詞作品，那是因為無論在學界或出版方面，「香港文學」作為一門相對於「中國現代文學」和「台灣文學」的學科，主要是指新詩、散文、小説、戲劇等現代文學文類，「香港文學」或可稱「香港新文學」或「香港現代文學」，習慣上通稱「香港文學」已可。然而，當我們進一步認識香港文學的歷史，會愈發意識到，「香港文學」的範圍理應包括舊體文學，何況新舊文學對立的觀念早就應該調整。

　　其實香港的舊體文學早有不少有心人研究，黃坤堯、方寬烈等學者都編有專著，例如黃坤堯主編的《香港舊體文學論集》、方寬烈編的《香港詩詞紀事分類選集》，何乃文、洪肇平、黃坤堯、劉衛林等編的《香港名家近體詩選》等，二〇一〇年在中文大學舉行的「中西與新舊——香港文學的交會」學術研討會，更是少數集合香港新舊文學研究的研

討會。

　　有關香港舊體文學的資料一直都存在，並不太難找的，研究者都用心持續整理，方寬烈編的《香港詩詞紀事分類選集》早於一九九八年出版，到十二年後再出版《二十世紀香港詞鈔》，編整重要史料，方寬烈本身是舊體詩家，著有《漣漪詩詞》以及《香港文壇往事》，二○一三年逝世。年輕一代的學者，有程中山編注、輯校《香港竹枝詞初編》、《江山萬里樓詩詞鈔續編》等，關心香港文化的讀者，實在沒有理由不認識香港舊體文學。

　　陳國球教授總主編的《香港文學大系》邀請程中山編《舊體文學卷》，近日終於出版，程中山在導言對晚清時期的王韜、胡禮垣、潘飛聲，至民國初年的不同詩社詩人，以至抗戰時期和戰後的舊體文學，包括不同文學社群如南社、北山詩社、碩果詩社、正聲吟社、千春詩社等都有詳細介紹，可說是一篇扼要而全面的香港傳統詩史。他所選的作品，內容既有反映晚清時期的革命思想，也有新界詩人抒寫鄉人奮力抗英事件，還有民國初年的前清遺民，借宋王台哀歎傳統文化失落，以至抗戰時期反映抗日和戰爭現實的詩歌。從文藝角度而言，我個人也十分欣賞本身是南北行米業商人的陳步墀的詩歌，程中山在導言評價他為「極富神韻，頗有唐人之風」，觀乎其作品，可謂切中要處。

　　從早期香港文學也可見，作品的意義關乎本土，也超

乎本土，因為它既有本地居民生活和社會面貌的記錄，也容納來自中國大陸的不同思想，某程度上可視為中國現代文學的支流，另方面亦具香港本土的思想意識，記錄已消逝的社會景觀，它的研究價值實在長期被低估，然而隨着愈來愈多史料面世，相信日後當有更深入的討論。

回到舊體文學的議題上，我的文學創作和研究雖然集中在新詩和現代文學，但作為一個讀中文系出身的人，在大學時所承受的教育本來就以古典文學為主，昔日的傳統學術訓練未敢淡忘，我的新詩創作也多有得力於對舊體詩的認識。古典文學的世界本來不與現代對立，造成新舊對立和各走分途的局面，有時代和社會風氣的因素，不是文學本身的問題。

在不同年代，香港都有舊詩詞作者，也出版過許多詩詞專集，直至現在，香港公共圖書館仍然定期舉辦古典詩詞比賽，當中不乏年輕作家的優秀作品，只是注意的讀者不多，相關討論亦少。文學不論新舊，都應重視傳承的意義，猶記八十年代中期，台灣詩人楊牧與古典詩詞學者鄭騫曾因舊體詩家周棄子逝世，各自撰文論及新詩與舊詩的問題，鄭騫感歎舊體詩「大勢已去」，同時肯定新詩的地位，楊牧則回顧台灣現代詩經歷早期種種譏諷至得到認同的過程，提出在新與舊之間，「坦蕩寬厚的心才是永遠的詩心」；二人的對話教我一直銘記，我很明白新舊文學為甚麼會對立，然而

文學家所走的路，即使新舊取向各有不同，但所嚮往的文學境界本是共通，關鍵是有沒有貫通時代的眼界和胸懷。新詩雖是五四運動後興起的新形式，但不表示新詩必然比舊詩進步，寫新詩的人更不一定比寫舊詩的人先進，如果新詩的意識停滯、因循，也會被有眼界的讀者所厭棄。當然新舊文學之間仍牽涉文學體式本身的傳統，不能簡化混同，至少在詩而言，的確有如楊牧所論，坦蕩寬厚的心才是永遠的詩心。

# 都市文化記憶

　　在容易獲得免費資訊的年代，花錢去買一份雜誌也許是需要經過一陣猶豫的事，何況還有它佔據家裏有限空間和日後把它丟棄的雙重成本。但我們還是一本一本的把雜誌買回來，而且選取了一些長期儲藏，像可以發酵的酒。不那麼計算的話（我們本就不是喜歡計算的人），書刊是最值得收藏的事物，因為真正被儲藏起來的是文化和思想，以至更多的記憶。

　　雜誌的周期猶如雜誌的品種一樣繁多，它可以用每周、每雙周、每月、每雙月、每季以至每年或每半年為單位，由編輯、美術人員和作者以圖文記錄不斷變幻的都市思想，相比起電視和報紙，雜誌顯得沉靜卻也沉穩而深入，我們慶幸擁有也最易忽略有這樣一種思想面相的記錄。

　　如果一九二〇年代的《小說星期刊》、《伴侶》和三十年代的《紅豆》、《今日詩歌》等文學雜誌沒有流傳下來，當我孜孜說起香港新文學的起步沒有比五四運動晚很多，而

且不時呼應着中國內地文壇新月派、現代派或寫實主義的潮流，課堂上一臉茫然的學生也許不太會相信？喜好攝影的朋友，也許不知三十年代香港的《非非畫報》、《大地畫報》，已刊登過角度獨造的都市藝術照像。

雜誌可以告知你一種都市文化的淵源，以及它的斷裂。我知道不少朋友會按自己的喜好收藏舊雜誌，且具專題性，有人專門收藏攝影雜誌，也有人專收創刊號。收藏舊雜誌需要流通的條件、尋覓的時間和收藏的空間，這三者日益困頓之下，我的收藏活動已接近全面停頓，只能留待他日。我過去的收藏以文學雜誌為主，但也涉及不少雜類。有一段時間，我喜歡收集七十年代的「電視周刊」，包括《香港電視》、《佳藝電視》、《大眾電視》等等，最初是為了重溫昔日的電視節目表。現今的電視台不時也會重播舊劇和粵語片，但昔日還有許多原本是英語或日語的配音劇情片、偵探片、特攝片和卡通，大概由於版權問題，今天絕少重播，翻閱「電視周刊」，是重溫那記憶中的配音片集的唯一途徑，透過電視節目表記錄的播映時間，仍可供追懷或難得的想像。

收集和翻閱「電視周刊」本非我的正業，我應該集中收藏文藝刊物才是，但在不務正業之間，竟也發現了也斯、鍾玲玲、適然和何重立的專欄和《大拇指周報》的廣告，曾出現在周刊中，由此也一再引證研究香港文學不能只集中在

純文藝範疇。

香港文學和文化的寄生性，使它有更強的對話能力，更明顯的例子是附印在《攝影畫報》內的《娜移》，寄生在《電影雙周刊》內的《閱讀都市》，一方面是刊物在原有的主題以外包容了文藝，另方面更是文藝擴闊了既有刊物的想像和可能性。純文藝刊物當中，明信片時期的《秋螢》也有擴闊自身文藝界線的能力。

發現總是偶然，尋覓舊書刊的路途也一樣，在純文藝刊物以外，能於不預期遇見文藝的刊物讀到文藝，總帶來更大驚喜，我還記得八九十年代的《突破》、《星晚周刊》、《星期日雜誌》、《年青人周報》、《越界》和 Magpaper，它們容納文藝，需要有辨識真正文藝的眼光和抗衡從俗的魄力，只有成熟而不拔的編輯才做得到。我可以想見這些雜誌各自都有一位或多位喜好文藝、了解文學的編輯，在種種炫目的社會話題、專題報道之間，放置不顯眼的文藝，在共同的雜誌氛圍中，文藝即使看來微小，其鮮活的情志能牽動其他文字，感應共同的時代氣氛，創建共同的文化，感到編輯、作者和讀者共同締結文化高度，就像我們所認識的香港。當這些雜誌消失或最後變得面目全非時，我們無法不動容。

在二千一十年代，雜誌改版或停刊引致的變化周期調快了許多，每個時代都有新事，是以總有新的雜誌替代舊刊物，但承傳也是不可能的嗎？城市的記憶是否總是多餘，以

至我們總是除之而後快？我們失去的已經很多，卻可能仍有許多未察覺的失卻，可悲的不是失卻，而是對失卻的麻木以至無知。閱讀昔日香港文化刊物的真意不在於記憶或所謂懷舊，而是察覺我們還有更龐大的失卻。

# 報刊與香港文學的「回潮」

　　近代報刊是文學的重要載體，報刊語言由文言演變成語體，副刊專欄由連載小說為主演變成雜文為主，這些變化都塑造文學形式和風尚的改動，其間的演化，源於文化思潮、教育體制以至讀者生活習慣和思想品味的變化，再而影響文學形式的發展。報刊的演化，有許多屬於技術層面的變更，例如版式由人手劃版、植字演變成電腦操作，源於新技術取代舊技術，當舊技術被完全淘汰，新技術只能繼續改進，從業者無從選擇，不可能走回頭路。至於文化思潮和社會風尚的變更，當中的選擇並非出於新舊技術的更換，不涉及進步與否的判斷，卻更接近於觀念和習慣的改變。

　　由是而觀之，文學的演化涉及更複雜因素，而新舊文體、形式、風格和語言之間，彼此容有時代的差異，卻不涉及進步與否的問題。有時，我們會讀到為新舊作出價值判斷的論述，甚至自己也試過作出這樣的判斷，其間真正起關鍵作用的不是新和舊本身，而是歷史資料欠缺整理所造成的斷

裂，一種文化上的斷層，引致誤解和武斷。文學也有它的新傳統和舊傳統，即使在古代，新舊兩者也不容易並存，在現代而言，昔日的新傳統也很快變舊，重要的不是強求新舊並存，而是要保存歷史的線索，認清傳承的意義。

當我們談論香港文學，特別以它作為包括現代中國文學、台灣文學以至華語語系文學在內的現代華文文學的不同板塊之一，更須重視歷史。香港作為中國近代報業的發源地之一，香港文學的體制也很受報刊載體的影響。二十世紀初的香港報紙，如《中國日報》、《循環日報》和《有所謂報》等，設有名為「鼓吹錄」或「諧部」的版面，類近於日後的副刊，形式包括新小說、翻譯小說、戲曲、南音和粵謳，內容不少都呼應晚清時期的維新或革命思想；其間的關鍵人物，包括王韜、鄭貫公、黃世仲和黃燕清，都身兼辦報人、編輯和作家的身份。

二十世紀初的香港文學雜誌，至少有《小說世界》、《新小說叢》和《中外小說林》幾種，研究者據所知材料，引述《小說世界》曾刊載〈神州血〉、〈復仇槍〉等小說，〈圖南傳奇〉、〈救國女兒〉等戲曲及其他詩詞創作，指全冊「多為反帝、反清作品」，可惜《小說世界》今已不存，尚幸一九〇七年出版的《中外小說林》和一九〇八年出版的《新小說叢》仍能讀到，香港大學圖書館即有收藏部分期數。

五四運動後，二十年代中期的香港報刊經過一段新舊

文體並存和爭論的時期，約於二十年代末出現更多純粹刊登新文學的副刊和雜誌，香港的第一代新文學作家，部分投稿到上海和廣州的報刊，部分創辦自己的刊物，各種報紙也刊出多種不同取向的新文學副刊，香港文學就這樣於一九二〇年代末至一九三〇年代初之間，進入新文學階段。差不多同時，香港城市擴張發展，報紙副刊和雜誌模式有更大變化，香港的作家亦以其現代或寫實的筆法，以中性或帶批判的角度，描述香港都市的眾生相，留下大量文學記錄。

回看今天的香港報紙副刊和雜誌，如果我們從比較廣義的文學觀念去理解，仍不乏文學性質的文字，但在文化觀念上有許多斷層，對時代思潮缺乏呼應和轉化，無論是報刊文化或文學本身，都有許多觀念上的瓶頸難以突破，甚至趨於淺薄，對市場過於計算，對讀者過於功利，更嚴重的是對學生過於溺愛地照顧。正如前文提過，一些斷層是由技術發展造成，從實用和利益的角度，無法走回頭路，但有時，我們會以「回潮」的形式，向舊傳統和舊技藝作重新的呼喚，例如鉛字粒凸版印刷、黑膠唱片音樂、舊式剪裁服飾、古法烹調食品，我們「回潮」時不再計較實用和利益，反而更了解它們的局限和可能，我們追求的不是單純的舊事物，而是舊傳統背後的文化意義，舊傳統對扎實技術的要求，終會使回潮者創新觀念，造就新傳統。

「回潮」有別於消費性的、粉刷歷史而抗拒反思的懷

舊，回潮教我們認清歷史承傳的重要，也許我們也可用回潮的精神，再思香港報刊和文學的傳統，以怎樣的技藝呼應時代思潮，由此而為廿一世紀的十一年代如何接續至二十年代，好好作出觀念探索；而在這近乎臨界點的歷史關口中，整理香港報刊和文學歷史，大概是這一代人無可迴避的文化反思出發點。

# 到書展的路

　　香港的七月，除了遊行和各種牽動人心的政治議題，對關心文化和文藝的市民來說，也是熱鬧而忙碌的月份：我們有第二十五屆香港書展，也有第十屆香港文學節，同於七月中旬前後舉行，各種不同系列的作家講座、展覽，合共至少數十場之多。文學衍生出的活動，遠比我們想像的豐富，文學衍化活動的能力，實不容小覷。文學本是靜態的語言文字創作、閱讀和思考活動，在因緣際會、條件合適的情況下，衍生多種作者與讀者的交流活動，一方面填補靜態活動的不足，另方面也足見人們對文學思想交流的渴求。

　　香港書展對推動一般市民和學生的閱讀風氣有重要作用，主要因為書展把閱讀形成了一種「事件」，招引人們的目光，以至在折扣和更重要的「集體」行為氣氛中，帶動出購書的消費意慾，對書店、出版社和作者來說，書展自是一個推廣和促銷的良機，雖然它多少也是一種文化泡沫現象，當我們看見許多年來，人們在展場外排隊「打蛇餅」，不惜

擁擠和炎熱之苦，也要購票進場的盛況，實在更難接受，看見展場外，不同城市角落裏每天營業的書店，總在艱苦經營的邊緣上徘徊，然後逐一倒閉。

每次進入書展會場，緩慢如蟻行在有如年宵花市的通道，我一方面想念那些倒閉的書店，另方面總會想，如果能把書展的人流，分出一小部分到城市角落的書店，也許能多延長一些小書店的壽命。書展是機遇，書展也是泡沫。機遇在於，它確有把泡沫化成堅果的力量：來自書籍本身無可抗拒的迷人力量。把泡沫化成堅果的意思是，把一些受書展事件性和集體行為氣氛感染的購書者，推動為持續閱讀、不能一天無書的書店常客，這樣才真正有助於本地書店和出版社的生存。

對於已是持續閱讀、不能一天無書的書店常客來說，其實沒有絕對必要老遠跑到灣仔新海旁，「打蛇餅」擠進書展會場，因為在城市不同角落，有更便利的購書處，折扣方面，許多二樓書店亦長年提供購書折扣，而大型書店亦有會員制或其他形式的優惠，更不用說網上購書方式，那麼，我們為甚麼仍要走進書展會場？從購書的功能上看幾乎是不必，不過我覺得，香港書展始終形成一種節日傳統，進入書展會場，對我們來說不為了購書，而是參加一種祭禮，讓身心得到洗滌，而經過「打蛇餅」的人群，蟻行在那擁擠的會場通道，則有如一種苦行。

除此以外，走進書展會場還有真正很具體的原因，近數年香港書展的確提供愈來愈吸引的講座和展覽活動，今屆年度作家請來董啟章擔任，他將主持三場講座，並邀請到黃碧雲和日本小說家中島京子（日文版《地圖集》譯者之一）進行對談，是不容錯過的活動之一。在我記憶中，二〇〇八年香港書展聽「名作家講座系列」中的哈金講座，文學理念的啟示教我至今難以忘懷，而同屆的同一系列有陳丹青講座，我卻因為迷路，在會場不同樓層上落繞圈四十五分鐘最終放棄入場，至今耿耿於懷。這一年的「名作家講座系列」有李敖、閻連科、黃碧雲、蔡明亮、吳明益、金宇澄、鍾曉陽、嚴歌苓、廖偉棠和陳雪等等作家，有心的讀者還須好好把握進場的機遇。

書展的「文藝廊」也是舉辦多屆的活動，今屆由香港商務印書館及大眾集團合辦「書香人情——香港書業世紀回眸」展覽，分別從印刷、零售及刊物三方面展示不同時期的印刷技術、昔日書店面貌以及新舊刊物對照，回顧二十世紀香港書業的發展，很具歷史意義；此外另有「港島文學漫步」展覽和「中華文化漫步」專題展區，平衡對於香港本土文化與大中華文化的介紹。

是的，正是由於書展有以上及其他文化活動，成為具體地真正吸引人們走進書展會場的理由。到書展的路，本由汗水、焦躁和蟻行的人流築成，我們很不容易抵達會場，參

與都市書刊人生那勃發與消亡的祭禮，出版然後封存，創建然後關閉，我們慶祝各種新作和新作者的誕生，也紀念無數倒閉的書店和出版社。這是書展，也是都市書刊人生的檢閱。書籍的買賣活動自是不可或缺的焦點，但人們更需要的是思想交流，在會場碰撞的人流，如小行星迸發出各自的故事，是的，書展以文化活動提供故事，成為我們進場的理由。

# 香港文學節的想像

　　每兩年一度的香港文學節於今年七月舉行，自一九九七年以來，今年是第十屆了，十多年來，香港文學節的研討會、講座和各種活動，似乎因應觀眾的反應而有不少方向上的調整，近幾屆形式更趨活潑多元，「文學」的範圍也擴大了，不限於香港的中文現代文學，也包括舊體文學和英語文學，形式上也涵蓋歌詞、戲劇和電影，我既是香港文學的讀者，也在學院內外參與香港文學的研究和教學，當然對這文學節滿有期待。

　　本屆文學節的主題為「念念不忘」，有展覽以「作家紀念」和「記憶文學」為主題，研討會、朗誦會和其他不少活動都圍繞這主題，因為文學本身範圍不少，而文學節為期之時有限，定出主題的話，相信可為市民留下較有焦點的印象。在多項節目中，我特別推介「仲夏詩會」系列裏的英文詩會「Enchanting English Poems: Cities and Memories」，參與者都是在本地生活、工作或學習的英語詩人，為城市與

記憶提供不同角度的觀察和思考；朗讀中文詩的「跨越世代的城市記憶」詩會，參與者包括鄧阿藍、鍾國強、劉偉成和游欣妮，都是我敬重和欣賞的本地詩人，尤其是鄧阿藍，他的詩歌寫實、有力而同時着重抒情和想像，他筆下的城市現象觀察充滿洞見和社會關懷，例如他早在八九十年代已用詩歌反映香港工時過長和基層市民生活困苦的問題。印象中鄧阿藍較少參與香港文學節的活動，這次是很難得的機會。

此外，「文學變形比讀」也是很有意思的節目，兩年前，台灣的作家紀錄片系列電影「他們在島嶼寫作」引起廣泛討論，近一年來，也陸續有導演拍攝以香港作家劉以鬯、西西、也斯、董啟章為題的紀錄片，模式包括電影、錄像和電視片集，讓人期待；相關的問題，如香港文學作品的資料收集、改編、演繹和呈現等，「文學變形比讀」系列相信會引發另一波討論。

文學本是靜態的閱讀和思考活動，除了文藝理念的領會和開拓，閱讀文學也可説是一種個人修身養心的鍛鍊，需要個人的沉潛靜思，但閱讀過後，能與一眾讀友討論，互相砥礪，也是樂事，文學節當中的「豆棚説書」系列講座、「圍讀工作坊」和「文學與記憶」研討會正提供文學的討論平台。

觀察香港文學節十多年，其實我心目中的文學節是有如香港國際電影節或香港藝術節那樣，期望有大眾化的教育、推廣性質的節目，也有深入、另類與專業的節目。我想

可能限於觀眾考慮，過去的文學節是以大眾化的教育、推廣為主，卻很少深入、另類與專業的節目，我想文學節主辦者也曾想到這長年以來的問題，只是礙於種種限制，大概包括觀眾入座率和反應、場地、資金、市場、認受性、關注度等問題。

每屆香港文學節其實都有不少特別吸引的節目，請到有分量的海外和本地作家、學者主持講座，或籌辦跨界別跨媒體的節目、舉辦大型的座談研討或集合一眾詩人分享朗讀，都是平日難得一遇；我有時想，也許這些節目可以考慮收費？就以香港藝術節的二十分之一，或香港國際電影節的二分之一票價來計，即大概二、三十元，有沒有可能呢？文學節收取門票可讓作家、學者、詩人取得較合理報酬，也讓觀眾因為購票才入場而更珍惜參與和發言、提問的機會，不會胡亂提出不相干或基本常識層次的問題。香港國際電影節可吸引到有水準的影痴，他們樂於「撲飛」、互相交換門票、蒐集、儲存電影節特刊以至組織自發討論，香港文學節又有沒有這可能？

香港文學節收門票，因為這是需要「製作」和「統籌」的節目，除了作家，相關工作人員本具策展人、藝術行政人員的專業身份，須還以應有的待遇報酬，這是對專業的尊重。文學當然可以雅俗共賞，但文學作為芸芸藝術之一，不能讓作家長期只收取「車馬費」或象徵式報酬。當然，我仍

然很清醒，文學與電影及許多藝術媒介的分別是，文學的確在信念上是有價但現實上是無市，應該怎樣，與現實上是怎樣是兩回事，我們仍很慶幸香港有文學節，很願意推介、支持、參與，但心裏面總還有另一個遙遠的、抽象的文學節，有待實現。

# 香港文學的民間自發軌跡

　　《香港文學大系》是沿襲自《中國新文學大系》的編纂系統，早於八十年代已有人提出過相關構思，但因為資金及出版等各方面的困難，一直未能成功推行。一九九四至九五年間，香港文藝界曾熱烈討論香港文學的推廣、評論、翻譯、出版、發行諸問題，提出成立香港文學館、出版《香港文學大系》等構想。當時香港藝術發展局成立了不久，工作小組於一九九四年一月舉辦過論壇，也斯在《香港文化空間與文學》一書有相關記述。另外，也有民間自發組成的「文學關注小組」，一九九五年六月在香港藝術中心舉辦過幾次論壇。在九十年代中這一波圍繞香港文學發展的討論中，重點是文藝界當時已意識到香港文學已發展到一個必須整理自身歷史的階段。

　　大規模的成立香港文學館和出版《香港文學大系》構思未能實現，但基於整理歷史的迫切需要，黃繼持、盧瑋鑾和鄭樹森三位學者，一九九七至一九九八年間先後編成了《香

港散文選 1948－1969》、《香港小説選 1948－1969》、《香港新詩選 1948－1969》、《早期香港新文學資料選》、《早期香港新文學作品選》等書，另有劉以鬯編的《香港文學作家傳略》、《香港短篇小説選：五十年代》和也斯編的《香港短篇小説選：六十年代》，同樣於九七至九八年間編成，反映該段時期對於香港文學歷史資料的整理，已成了一種「文化需要」。

二〇〇〇年左右，香港中文大學圖書館成立實體的「香港文學特藏」（位於大學圖書館內）和網上的「香港文學資料庫」，其後陸續改善系統和增加館藏資料，至今已是學界聞名的文學資料寶庫，其實在某程度上，它已發揮了香港文學館的部分功能，特別在保存及讓資料公開共享方面。至於文學館的其他功能，包括推廣、教育和研究，文藝界仍有未能實現的願景。二〇〇九年由董啟章、馬家輝、葉輝、鄧小樺、廖偉棠等多位作家在香港書展舉辦座談提出「空中樓閣，在地文學」這口號開始，持續經過四年的論述和準備，由爭取在西九成立正式的館址，至二〇一三年轉而用民間自行籌款方式，在該年十二月的九龍城書節講座中，由改組後的「香港文學館工作室」宣佈成立「香港文學生活館」。

二千年代由學術機構成立的「香港文學資料庫」以及由民間自費成立的「香港文學生活館」，可說在不同層面回應了九十年代香港文藝界提出的香港文學館構思，而「香港

文學生活館」本身經歷多年波折最終以變通的方式成立，並推出各種靈活而富創意的推廣活動，或也可以説，二千年代以來，對香港文學的推廣、教育和研究，尤其更具創意和吸引力的活動，同樣成了這時代的一種「文化需要」。

至於《香港文學大系》，九十年代末以來，學界對香港文學資料已作了大量整理和研究工作，為「大系」建立了基礎，進一步所需是建立一套大系式的編纂系統。二〇〇八年左右，中國內地學界傳來正籌備編纂第五輯《中國新文學大系》的消息，終於二〇一二年成功出版了《中國新文學大系1976－2000》共三十卷，更凸顯香港文學在此「大系」的歷史中已空白了太久。二〇〇九年起，香港教育學院的中國文學文化研究中心籌備《香港文學大系》第一輯的編纂計劃，先尋求私人捐助整理第一階段資料的經費，繼而申請到香港藝術發展局的資助，再經多次商談和數年準備，將於本年下半年由香港商務印書館出版由不同學者擔任主編的第一輯《香港文學大系》，內容包括一九一九至一九四九年的香港新詩、小説、散文、評論、戲劇、舊體文學、通俗文學及兒童文學。

一九九四及九五年的兩次文學論壇，文藝界較完整地提出香港文學館與《香港文學大系》的願景，是該時代的人回應香港文學發展的需要及對未來的準備，雖未能落實構思，卻在九十年代末以來，無論是黃繼持、盧瑋鑾、鄭樹

森、劉以鬯和也斯等學者、作家所作的文學史資料整理，或二千年代以來「香港文學資料庫」的建立和愈趨完善以及「香港文學生活館」在轉折中的創立，都可說是學界和民間以自發形式，對上一個年代的訴求，作出靈活回應的結果。在限制中掙扎出可能，以學術和民間的力量自發推行，在「沒有」的自覺中創造出「有」，原來香港文學館與《香港文學大系》的發展史，也像香港文學本身的歷史一般，刻滿靈活自創又帶點創傷的軌跡，追溯源流再履行於茲，我們愈發感知，香港文學本應在限制中持守的本色。

# 香港語言和文學的憂思

有許多香港作家的語文風格，是我一直留意，覺得十分精彩的，如董橋的清雅流麗，劉紹銘的沉厚睿智，蔡炎培的機巧靈動，黃碧雲的樸拙餘韻，締造了香港文學中的傑出語言，他們有的受惠於傳統舊學，有的轉化五四文學和西方文學語言，有的從粵語汲取民間語言智慧，造就香港中文書面語即粵式書面語那古雅而靈活的優點，香港文學作品在內容和題材以外，首先吸引讀者的，本是其語言質感。

從學科或教學層面來說，文學和語文分屬不同專業，但最終不能截然二分；從創作而言，語文當然也是文學作品的重要一環。香港的語文環境及其讀寫教習傳統構成了香港文學的語言面貌，這是香港文學語言上的優點，卻又是備受誤解的一點。曾幾何時，有不少外地讀者以為香港人只會說廣東話而不懂「寫中文」，或以為香港作家全用廣東話字彙入文寫作，這是由於地域和文化阻隔使然，當中的誤解不難破除，但不知甚麼時候開始，香港內部也逐漸混淆語文和文

學的重點，把香港學生的語文問題歸咎於粵語環境，以為學好普通話，另一種通行範圍更廣的口語便可解決書面語中的語文問題，都是忽視香港固有的語言環境，以優點為缺點的結果，當中的誤解卻不易說清。

香港教育界一直奉行以粵語教習「國文」的傳統，發展出完整的粵語書面語系統，即我們能夠用粵音朗讀現代中文「的、了、呢、麼」等口語中不使用的語彙，也能夠用粵音朗讀古典文獻中的「之、乎、者、也」，口語中不使用，卻能轉化在書面語之中運用。我們都習慣口頭上說廣東話，寫作時以書面語思考，閱讀時以粵音默唸書面語。有時，一些大眾刊物以廣東話口語入文，個別一兩句是可增加親切感和有地道、「生鬼」之效，但通篇是廣東話口語的文章，閱讀時反而是不暢順的，因我們本就習慣以粵音唸誦規範的書面語。

香港的中文教習，本是沿襲以粵音唸誦文章的嶺南教育傳統，嶺南地域學子一向都以粵語朗讀或吟哦古典詩詞，書面文字亦有不少具書面讀音及口語讀音之分。香港教育界多年來奉行嶺南中文教習傳統，使香港粵語形成粵式口語和書面語兩大系統。

把粵語等同於俚俗，以至視粵語比英文次等的想法，是殖民地時期的扭曲想法，語文就好像膚色和人種一樣，不同國家的語言和同一國家中的不同方言之間，都應該是平等

的，不應有高等次等之分。在語文教育而論，「言」、「文」分別書寫的香港書面語本為嶺南語文教育傳統，絕不應視為弱點。「言文分途」實為香港書面語的優勢，普通話在生活上當然應與粵語並存，但在學習「中文」的層次上，以粵語教學中文、認識書面語粵語音讀、訓練「言文分途」的書面語寫作，既屬嶺南文化傳統，亦是中國語言的重要組成和運作部分，香港文學作品作為具體「言文分途」的語言實踐記錄及藝術深化結果，對其研習和承續，正有助擴闊學生的語文觀念，豐富中國語言的既有成分。

我本不是研究語文的專家，只作為讀中文系出身的香港作家，有感於語文現象之扭曲。香港傳統上以粵語教習語文，本是香港的一種優勢，香港作家在此語言環境下造就古雅而靈活的語文，參與締造現代漢語書面語之多元風格，意義超乎本土，維護粵語讀寫傳統絕不只是一種地方考慮。普通話作為全國通行的口語，香港學生有必要好好學習，但以普通話教習語文，並非最佳的語文教學方式。青年學子語文程度下降本是全球趨勢，香港學生的語文問題亦關乎互聯網使用習慣、閱讀風氣不足等，而不是因為使用粵語教學。

大家心裏都明白，「普教中」的要旨本不在於口頭所宣傳的語文教學所需，其實家長們又何嘗不知？所謂大勢所趨，出發點本不在乎教育，那趨勢我們無論如何解說都不會改變，多說無益，但始終不能永遠緘默，我不單擔心將來

的香港學生不懂使用粵音朗讀「的、了、呢、麼」和「之、乎、者、也」，更擔心香港文學的前景，董橋、劉紹銘、蔡炎培、黃碧雲等人的作品，作為香港現代粵式中文書面語的巔峰之作，會否成為失傳的絕響？正如香港的粵語，蘊含了廣東話口語和現代中文書面語兩大成分，缺一不可，香港的語言，同樣包括口語的傳統和文學的傳統，粵語、香港中文書面語、香港文學、香港文化和語文教育，本是環環相扣的問題，彼此如同命之鳥，粵語的憂思，也是香港文學和文化的憂思。

# 七八十年代的中文運動

　　我們對七十年代香港學生運動和社會運動的認識，與對香港歷史和文學的認識，同樣與主流教育無關，而是源於自發的閱讀，我之所以把四者相提並論，是由於過去透過自發閱讀而認識歷史的過程中，了解到這四者本就互相關聯。我最初讀到香港學運的歷史，是源於對香港文學的興趣，研讀下去，發掘香港文學資料的同時，也讀到不少學生運動和社會運動的史料，例如七十年代的《中國學生周報》、《盤古》、《七〇年代雙周刊》、《大拇指》等刊物，除了文學作品，也刊登不少有關「保衛釣魚台運動」、「爭取中文成為法定語文運動」、「艇戶事件」和「金禧事件」的報道以至相關文學作品。

　　我們就這樣在教育建制以外，透過香港文學認識香港學生運動和社會運動的歷史，閱讀更多相關資料後，又回頭豐富了對香港文學的認識。二千年我訪問鄧阿藍時，特別問及他在七十年代參與工人運動的情形，他告訴我，他是「爭

取中文成為法定語文工人學生聯盟」（簡稱「工學聯盟」）的成員。

一九六八至七一年間的「爭取中文成為法定語文運動」，在香港學運史上稱為「第一次中文運動」，針對殖民地政府長期以來在法例和教育等層面，貶低中文的地位，形成整個社會「重英輕中」趨勢，青年學生及其他有識之士都認為這是不合理的，呼籲改革法例和教育，發起大規模的運動，包括公開論壇、發表聲明、告全港市民書、簽名運動，以至杯葛市政局選舉等，最後使港府於一九七一年透過委員會發表的報告，提出承認中文的法定地位。

「第一次中文運動」本具反殖意味，針對殖民主義引起的不公義語文現象，港府後來逐漸承認中文的法定地位，但重英輕中的教育作為殖民主義的另一核心，未有絲毫動搖，港府一九七八年發表的《高中及專上教育白皮書》，再次引發公眾對重英輕中教育的不滿，學界成立「中文運動聯合委員會」，提出母語教學、針對重英輕中現象，是為「第二次中文運動」。

這運動本由大學生發起，得到教育界和文藝界廣泛迴響，例如當年由中大和港大學生會合辦的青年文學獎，舉辦各種活動呼應。作家如司馬長風、小思、張君默、王亭之（談錫永）、岑逸飛等等亦於報紙專欄談論相關話題，形成很熱烈的共同關注中文教育和文學寫作的氣氛。中文運動的

組織者於一九七九年創辦《中運報》,同時由中大和港大學生會成立「中運中學生組」,一九七九年創辦《中鳴》。我家裏保留多份一九八三年出版的《中鳴》,是我讀初中時透過校內的中文學會而獲得的,內容包括書評、作家介紹、社運報道、青年文學獎得獎作品選輯、「中運中學生組」訊息等,印象非常深刻。

文化和教育都是潛移默化的工作,七十年代的兩次中文運動也許未有真正改變重英輕中的教育建制,因為文化理念總敵不過人們實際和利益考慮時的選擇,但文化理念一旦成形,便會比實際考慮更有生命力,如果它夠堅定,最終會達致對實際和利益的超越。香港的文化、文學和社會運動,實也見證,一切理念的超越,總來自民間潛移默化的推動。

今天重提七十年代的中文運動,不純粹談論歷史舊事,而是希望這歷史能對目前的「普教中」問題和粵語運動有所呼應和提供參考。香港長年以來奉行以粵語讀寫中文的嶺南語文教育,建立「言文分途」的書面語讀寫能力,既能與以北方白話為基礎的現代規範漢語溝通、接軌,也形成吸收嶺南口語古風的香港中文書面語,這不單作為一種中文教育傳統而得到珍視,更是香港過去得以超越殖民主義的分化和矮化政策的重要工具,而二千年代以來香港學生語文水準下降,本是閱讀風氣不足和互聯網使用習慣的全球性影響,不是中文教育本身的問題,故從文化和教育上考量的話,不

需也不應放棄傳統上粵語讀寫中文教育而改用「普通話教中文」，香港學生仍必須學好普通話，但如昔日般設「普通話」科便可，甚至可再加強，香港學生需要更多的普通話老師，加強與中國內地交流溝通的能力，但實在不必要用普通話「教中文」。

「普教中」已於小學廣泛推行，我們都明白這「大勢所趨」式的現實很難改變，這社會如果要從實際和利益設想時，大概不會理會香港的教育傳統，但如果我們肯定文化和教育的理念，它也應該最終超越一切的實際和利益考慮。

# 香港故事依舊難説

　　也斯老師的評論文章視野寬廣，倡導不同文化媒介之間的對話，他的筆調開明而睿智，但談到香港文學的被誤解，他有時也禁不住流露出激憤。也斯有一篇評論文章〈香港的故事：為甚麼這麼難説？〉，收錄在一九九五年由香港藝術中心出版的《香港文化》，後來再選入張美君和朱耀偉編的《香港文學@文化研究》，文章從批評《蘇絲黃的世界》、《大班》等外語電影對香港的獵奇開始，談到九七回歸前，有些中國內地和台灣作家認為香港沒有文學或是文化沙漠，固然讓也斯氣憤，但他最難接受的，是當香港的創作人有機會説香港故事，也不斷重複香港是文化沙漠的論調，或不斷沿用類似「落日歸帆」的圖景去滿足外地人對香港的獵奇。也斯説：「香港人似乎接受了這些態度。不管外人來到指着鼻子説一個怎樣離譜的故事，也不會有太大的抗議。這原因很複雜，可能是文明、可能是冷漠；可能是無知、也可能是放棄。」

正由於也斯不肯放棄，他在一九九〇年代不止一次在不同文章、講課和演說中，苦苦解說落日歸帆、華洋雜處等符號為甚麼是一種濫調。他的著作《香港文化》主要針對一九九〇年代的問題，但許多說法到如今依然難以說清，其中特別與香港文學相關的是語言方面的問題。也斯批評「純粹中文」的說法漠視了香港語言和都市空間的本質，他舉出崑南的詩和海辛、羅貴祥、劉以鬯的小說為例子，提出香港的語言現實與她本身的都市空間不可分割。

　　香港的語言環境一向都是難以說清的問題，記得我昔日到台灣讀書時，曾有香港同學被老師問及是否懂得中文，當他說懂時，老師隨手揭開一份報紙，說他所問的中文，是書面上的中文字句；那位老師原來以為香港學生只會說廣東話而不懂得書面上的中文，不會寫也不會讀。這樣的例子不只一次，我最初也遇到有同學見我的國語說得很不標準，問我閱讀中文有沒有問題，我說沒有，他再問，那麼文言文呢？我知道那位老師和同學都沒有惡意，全是出於一種擔心，卻反映外界對香港語言和書面語語文教育的誤解。

　　我們以至香港的好幾代人，從小以粵音唸誦古文、古詩和現代散文，課堂上以粵音朗讀〈出師表〉，也朗讀〈背影〉，我們從小學寫規範的語體文，老師教「作文」時千叮萬囑，訓誡我們不可把口語混入書面語中，經過多年的訓練，我們其實已習慣把口語和書面語分別出，寫作時以粵音

直接默唸出規範語體文句，而不是將廣東話翻譯成語體文，就如同熟悉英文者寫作時，是直接用英語文句組織文章而用不着先把中文句翻譯成英文句。因此，如果反過來要我們寫全篇是廣東話的文章，反而是很不習慣的，閱讀全篇是廣東話的文章也更費時。

我們日常生活時使用廣東話，寫作時使用以粵音唸誦的書面語，逐漸形成香港粵語的口語和書面語「言文分途」的系統，並成為一種集體認可的社會默契，我們很少把兩者混淆，也很少就此語言現象作自我解釋，只是近數年的普教中問題驅使我們一再解釋以防止混淆。

我完全認同香港學生必須學好普通話，中、小學校應加強既有的「普通話科」教學，但實在不必也不應改變香港語文教學的「言文分途」系統，我在別的文章已有更詳細論述，還有許多其他論者也提出過相關說法了，這裏我想再從文學的角度補充，特別是有關以廣東話寫作的問題，我對此實有點擔憂。

正如前文已解釋過，口語和書面語的分別運用，已成了香港的社會默契，香港文學也一直主要在書面語的系統上，建立自身的高度，也與既有的現代中國文學和台灣文學作對話和交流，香港過去也有不少結合廣東話、語體文和文言文語句的「三及第」文體作品，也有不少新詩、小說雜用口語，但都是針對特定的發表媒介或特定內容，即使現代

中國文學層面上的「方言文學」，如四十年代後期華南作家提出的方言文學論爭和創作，主要也是針對特定問題。用廣東話或口語寫作，當然也可以寫出佳作，但口語寫作最主要還是一種姿態和形式的問題。目前不同單位提出的廣東話寫作，其實源於普教中引發的本土語言危機，是出於一種憂患，我相信它的提出可以對普教中引發的語言危機作出抗衡，但又須小心處理，因為它也可能混淆香港語言固有的「言文分途」系統，陷入普教中預設的香港學生說廣東話所以中文程度差的圈套。

# 這時代的文學

　　每一時代都有反映時代脈搏的文學，走過許多年整理香港文學史料的路程，除了獲得以前未知的資料以外，最大啟發就是歷史的觀點。追溯香港文學的本源及其後的發展，也差不多接近於追溯「香港」作為一種觀念和視野的本源，當然還有她與中國之間的關係。二十世紀中國現代文學的不同流派、論爭，作家個體的掙扎，以至文學社群的共同理念，在差不多同時代的香港文學都有不同的呼應和傳承，有着許多共同。香港作為新文學上的後來者，對於前人也有許多學習和受影響的地方，最終因為戰爭、人民離散播遷和城市發展等因素，造就香港文學的時代新聲。

　　我個人最欣賞七八十年代的香港文學，初接觸時我年紀還小，的確需要更多距離和時代的對應，以至上溯更早時代的文學，我們才能讀通一整個時代的聲音。分別從不同的文學雜誌、報紙副刊和單行本呈現出的文學，許多時都代表不同的社群和傾向，那群體的範圍有大有小，但始終貫徹社

群的共性，他們彼此之間互相有所呼應，當然也包括不少的論爭，氣氛感覺是頗熱鬧的，在內容上則對時代有很具體的反映，而反映的方式很多樣，有寫實的角度，也有想像和變奏，感覺上與那時代的城市發展幾乎是同步。

有很多值得一提的刊物，如《大拇指周報》、《詩風》、《羅盤》、《素葉文學》、《新穗》、《九分壹》、《文藝雜誌季刊》、《破土》、《香港文學》等，都是七八十年代出版，也有一些往後很少人提起的報紙副刊，有些我是出版之時在書店或圖書館讀到，有些是後來在舊書店發現，它們都不僅止於刊登文學作品，也有很強的時代性，透過專題或編輯的方法角度，呼應社會現象，也很着重譯介外國文學、文化理論思潮，求新求知的意欲很強。

這些刊物幾乎都是同人刊物，由一群熱心青年集體自資自主出版，刊物的性格都像那些青年一樣前衛而鮮活，具很強的自主理念，呈現城市現象而不是歌頌或附和，他們勇於批評，也經歷自我反省的掙扎，表露在作品，也呈現在他們所辦的刊物中；然而這些刊物也有難以持續的限制，它們可能維持三年、五年、十年，有的了無聲息地結束，有的經歷停刊復刊再停刊，都免不了中止原初的聲音。亦由於資金和人力的限制，它們都難以維持精緻和專業的外觀，很容易被人忽略、遺忘。當一份又一份的刊物相繼結束後，一個時代也差不多落幕了，時代終究要過去，我們沒有理由要求時

間停留，新的事物總會不斷更生，但一份文學刊物也代表了一種社群、理念和經驗，它的消逝也連帶一種傳統和文化的流失，香港文化發展中的一些問題，多少都與文化經驗難以累積有關。

也許回顧歷史會真正教我們看清，已消逝時代中一些精彩絕倫的聲音，我們過去甚至未及認清它的精妙，乃永遠都不可能復現的高度或至少一種境界。但同樣我們也更了解它無法延續的原因，可能連當時的人也未及了解，只因他們的文學聲音也過早淡出。時代消逝、分崩瓦解，我們在愈益疏離孤立的同時，卻也對現今這時代的文學抱持更大期望。如果七八十年代香港文學的鮮活自主理念可以延續，特別是她呈現城市卻始終拒絕歌頌或附和的前瞻視野，能作為永不過時的參考，那麼前人的消逝就會是一種新的實現。更重要的是，在歷史的觀照中，我們很容易墮入新不如舊的想法，這實在是一種虛妄，無論哪一時代的人，面對歷史時都是平等的。

接下來我們大概要等待對於現時，即廿一世紀一十年代文學的回顧和評價，就像我們回顧、整理過去的文學一樣，需要經歷距離和歷史視野。但就在回顧開始之前，我們需要對時代作具體寫實反映的同時，連帶創造更多抽象思維，當想像和虛構的境界不足時，寫實也將有更多缺欠，正如文學人呈現城市，可基於關懷和認同，但更需要拒絕歌

頌、拒絕附和。最後，我們已飽嚐斷裂的痛苦，深受歷史蒼白的煎熬，我期待新時代的文學載體，包括文學雜誌和報紙文化、文藝副刊，可以累積既有的經驗，持續地維繫時代，可以毋須停刊；更在編輯視野和設計外觀上，趨向文學應有的鮮活前衛的高度，文學在推廣的層次上可以平易近人，但不能重複停留在推廣的層次，無論是文學的文字內容或發表載體，都應有新的專業。

# 卷四：茶與書

# 茶與書

　　喜歡閱讀的朋友，有不少都喜歡到咖啡室，一邊喝咖啡一邊讀書，這當然是不錯的選擇，不同人亦有不同的喜好，對我來說，咖啡通常引發薰然倘佯之感，可助閒談，卻不利於閱讀。我覺得，閱讀還是最合與茶為伴，不必很講究的茶，用普通茶包便可，茶的淡甘，與書的觸感最近。

　　如果書可以下嚥，我想會有如茶的淡甘之味，但這想像當然不似彼得・格林納威（Peter Greenaway）一九八九年的電影《廚師、大盜、他的太太和她的情人》（*The Cook, The Thief, His Wife and Her Lover*）中的一幕，主角被迫吞嚥書本般駭人，只是一種味覺的想像。書頁本有氣味，因應年代和紙質之別，更散發不同氣味，有的具有乾枯的餅乾般的味道，我覺得也很近似茶葉的氣味。在蕪雜生命的夾縫中，能抽取片刻一邊讀書一邊喝茶的時間，大概是僅餘的一點自主。

　　茶煙裊裊，有時讀過的文字段落，亦如茶煙飄逝，太

個人的觸感，沒甚麼值得多談，不過提出，茶與書是個不錯的配搭，只是書一定不會同意，茶的消化以至消費性總教書籍抗拒，書籍當視己身更接近於沙，不斷累積，又自我遺忘，就像波赫士（或譯博爾赫斯）的小說《沙之書》所述，曾任圖書館員的書痴在舊書店買到一本奇書，頁碼數字大至九次冪，但每頁頁碼不相連接，翻開一頁再把書合上後，即使記住頁碼，也無法找回剛才一頁。無窮無盡的書是書痴的夢魘，最後，書痴把書帶到圖書館幽暗一角偏僻書架，讓它消失在書海當中。

書本只有被非功能性的閱讀才能活現生命，書本抗拒作為資料的閱讀。然而與茶相伴的閱讀，總難持久，當書頁化作沙粒，書痴也成灰，圖書館本是書籍和書痴共眠的墓地。

# 家庭的藏書

藏書不只是學者或文人的事，一般讀者或有閱讀習慣的人都會有自己的藏書，就香港的生活環境而言，我想許多人都很難擁有自己的書房，但或者總能在家中一角落，放置一台書架。我所認識的朋友中，也有人把書放置在白色膠箱中，即在家用品店買到的那種，方便收藏，也不佔用太多空間。無論如何，書是用來讀的，而在某特定時刻，書往往也是我們的尋找對象，以我個人來說，生活中經常出現的狀況是，想找某本書，是自己讀過、家中也藏有的書，但翻箱倒篋總遍尋不獲，最終唯有到圖書館去借。所以，無論書是放在書房、書架或膠箱中，能方便自己找到是非常重要的。

圖書館對館藏編有索引，許多年前是以「四角號碼」檢字的卡片，現在是電子目錄，要找一本書不難。一般人而言，我想絕少人會為自己的藏書編目，一般都是靠記憶，總以為地方不大，不會遺失，但是由於雜物凌亂，想找的書總難覓見。有段時期，我每天平均花三十至四十五分鐘在家中

找書，書永遠是最易遺失的物件。

　　所以，我其實曾經為自己的藏書編目，是許多年前的事，試過用卡片，每張卡片記錄一本書的資料，包括書名、作者和收藏點——即是在家中的位置，寫了百多張，然後放棄了，因為是不可能的工程。後來試過用電腦，結果都一樣，我唯有接受在家中找書的事實，由此也更珍視自己的記憶，那是一種與空間相連的記憶。

　　藏書也不只是自己的事，家人的藏書、上一輩親人的藏書，都是另一種故事，我聽過許多關於藏書的故事，也留意着去搜集和閱讀，我知道個人藏書的下一個去處，不外乎垃圾站、舊書店、別人家中或圖書館，這樣的故事總不免帶點憂傷，無從迴避，但亦何必多談。

# 關於手稿的二三事

一

近日因閱《字花》的「移印」專題和 *Jet* 的作家手稿專題，讓我想起作者手稿的今昔，以及人們對待和處理手稿的態度。九十年代中期以前，作者供稿給報館或雜誌社時，都是交出手稿，有傳真機之後用傳真，傳真機面世之前則用郵寄以至親身或僱人送稿，後者相信年資較高的作者和編輯都會記得。

筆者中學時代投稿給雜誌社是用郵寄，之所以知道較早時代的作者也有親身送稿，除了聽前輩作家談及以外，在我年紀很小時，家父曾攜着我到報館交稿，故印象也深刻。編輯收到稿件後便交付執字，或後來的植字、打字，由校對員校對，編輯再審閱，然後簽字刊出，這時，作者的手稿在其本人的文字以外，已滿寫各種校對、劃版位或編輯的記號。

至於今天，科技改變了生產程序，這部分不需多說，可以再談的是另一種轉變，就是人們對手稿的態度也不同了，例如在一些作家展覽中，手稿已作為一種更必要的展示品，由此，手稿本身脫離了昔日的傳遞和工具性質，成為了一種歷史對照的象徵，它既是今昔時空的劃分，也是人們懷舊的對象，而在普遍日用品的手工質感愈發減少的今天，手稿也成為了作家手工式生產的象徵，引發人們對手工質感的帶着距離的懷戀。《字花》的「移印」專題值得再度提及，是因為它對於手稿作為一種象徵的認知上，有着更具藝術意識的編輯處理。

　　當然，若回說歷史層次的部分，作者和編輯之間對待手稿的方式，也衍生很多故事，例如據說有某作家的字體特別難於辨認，須由專門慣於辨認該作家字體的執字員去處理，也有較年輕的編輯或校對員因為誤解作家的正宗草書而引致錯字連篇。在後者而言，據所知，較正宗的草書字其實容易辨認，因為有章法可尋，反而不諳書法者的潦草字體，才真正難分辨。


　　二


　　前文談及作者手稿的今昔實用功能以及手稿在今天的象徵意義，那是從一般的角度出發去談的；若把焦點集中在

文學而言，文學界對手稿當然是有着特別重視的傳統，五四時代的作家，無論是把作品用毛筆寫在箋紙上，或寫在原稿紙上，都在日後成為作家全集的收錄對象，有的更會獨立出版，如《魯迅手稿全集》和《魯迅詩稿》等書。讀者透過箋紙或原稿紙上的字跡，彷彿如見其人，得到一種親近的感覺，這就是手稿在實用以外的作用，包括它的象徵意義和予人的感覺，由是也可以重新驗證出物件象徵意義的重要性。

這種象徵，因着時代變遷，還會有若干的變化，作家手稿在今天已不單具「如見其人」的親近感覺，更由於科技時代促使手寫痕跡銳減，作家手稿更象徵着一種思想觀念的手工生產。由於工作和傳播的需要，今天的作者當然有必要以電腦打字檔案來取代舊有的手寫方式，即站在實用的角度上，作者幾乎已沒有必要使用原稿紙，事實上在電腦上寫作亦有利於修改和保存（前提是電腦功能正常）；因此當我們今天談論手寫的稿件，應該不是談論它的實用價值，而是着眼於它的象徵意義或其他正常實用以外的情志功能。

時代變遷促使我們放棄手寫，因為我們必須遷就世界大潮，亦無法抗拒科技帶來的方便和新速度；但同樣由於時代變遷，日漸使我們察覺到科技也促使情志和感通的流逝，也愈發感到手寫稿件的人性氣味，的確是科技無可取代，手寫文字的筆法、透在紙上的輕重筆跡所透現的情感、思緒、修養，都是我們即使採用「手寫板」書寫也無法取代的。

# 激越之本真

　　魏晉名士、竹林七賢一個一個都是音樂人、詩人和評論人，其間最著者嵇康，為古代著名的狂狷之士、反抗強權的激越者，遺下不少故事。在奉儒家為正統的讀書人傳統中，嵇康的著作近乎異端，其作品雖不至湮沒，唯已多所散佚，而存者字句失校，又多偽誤。今人之得閱嵇康較完備詩文，使故事流傳，實有賴魯迅一九一三至二四年間，以十一年時間搜求、參校各家版本，親自精校繕抄《嵇康集》。魯迅於書末撰跋，頗自得地說：「中散遺文，世間已無更善於此者矣。」魯迅於其所精校之《嵇康集》，僅言版本等事，未談及對嵇康其人其文之見，至一九二七年之〈魏晉風度及文章與藥及酒之關係〉一文則可觀一二。

　　魯迅在文中談論嵇康之死，一反傳統論調，指出不是由於嵇康反對禮教，而是嵇看穿其時主流論點利用禮教之名行專權之實，而拒絕與之合作：

稽阮的罪名，一向說他們毀壞禮教。但據我個人的意見，這判斷是錯的。魏晉時代，崇奉禮教的看來似乎很不錯，而實在是毀壞禮教，不信禮教的。表面上毀壞禮教者，實則倒是承認禮教，太相信禮教。因為魏晉時所謂崇奉禮教，是用以自利，那崇奉也不過偶然崇奉，如曹操殺孔融，司馬懿殺稽康，都是因為他們和不孝有關，但實在曹操司馬懿何嘗是著名的孝子，不過將這個名義，加罪於反對自己的人罷了。

（魯迅〈魏晉風度及文章與藥及酒之關係〉）

如魯迅所言，稽康的死在於為了維繫禮教的「本真」，揭穿為政者面具並拒絕同流。據《晉書・稽康傳》，稽康遭判死刑的理由是「言論放蕩，非毀典謨，帝王者所不宜容」，「非毀典謨」就是毀壞禮教，問題是，誰擁有禮教的解釋權？其時以代表司馬氏政團利益的王學為學術主流，稽康自山林投身太學論辯，以〈管蔡論〉非議王學觀點，其後司馬氏政團再三徵召稽康出仕，欲和諧之，稽堅拒；以至舊日山林同道、竹林七賢之一山濤當上了大官，舉薦稽康出仕，稽見至友為司馬氏政團所攏，本無甚奈何，而同路分途，卻為至哀，遂撰〈與山巨源絕交書〉，提出不堪流俗，「又每非湯武而薄周孔」，自言將為世教不容，而決絕拒之。

臨刑之日，「康將刑東市，太學生三千人請以為師，弗許。康顧視日影，索琴彈之，曰：『昔袁孝尼嘗從吾學《廣陵散》，吾每靳固之，《廣陵散》於今絕矣。』時年四十。海內之士，莫不痛之」。（《晉書·嵇康傳》）

嵇康以「非毀典謨」而身死，實際上是其〈管蔡論〉與司馬氏政團掌握的禮教解釋權相抗，牴觸主流禁忌，戮破不能宣之於口的假象，與主流苦苦營造的有利統治的論說相違。〈管蔡論〉在當時來說實為一篇非常激進的評論，魯迅說嵇康並非真的毀壞禮教，反而是「太相信禮教」，正切中嵇康激進的真意，在於捍衛理念的本真，因而絕不接受以顧全現實利益來操控解釋權的包裝式禮教。

魏晉文人蔑視禮教，出於憎惡虛偽包裝，著者如嗜酒成癖的劉伶，時以放浪形骸為之，看似荒誕，唯明代異士李贄洞悉真意，述其行事「劉伶縱酒放達，或脫衣裸形在屋中，人見譏之。伶曰：『我以天地為棟宇，屋室為褌衣。諸君何為入我褌中？』」之後，批注曰「不是大話，亦不是白話」（李贄《初潭集》），生本自由，卻怯於現實世情而不能自主，劉伶所言非關放達，實以自然本真向妥協於世者回以質難。

身處以虛飾扭曲理念的世界，狂狷者固守理念本真，追求自主，在噤若寒蟬的環境被視為激進，蔽塞者以激進為破壞現實和諧，認定激進為貶義，狂狷者以激進揭穿虛飾，

着眼於理念而不以激進為褒或貶。本真難遇復難持久，古之狂狷者有時也身不由己，洞悉世態卻無法自主。多談亦何用，與嵇康齊名，「物望甚高」的阮籍，再三佯狂遁世，最終走投無路，無法自主，他的矛盾、壓抑，盡顯亦盡隱於謎詩一般的〈詠懷〉八十二首，其八曰：「灼灼西頹日，餘光照我衣。迴風吹四壁，寒鳥相因依。周周尚銜羽，蛩蛩亦念飢。如何當路子，磬折忘所歸？豈為夸譽名，憔悴使心悲。寧與燕雀翔，不隨黃鵠飛。黃鵠遊四海，中路將安歸？」日頹而未滅，餘光照衣，往復使天人相契，共感於流光將滅，而無意相分。阮籍一生所追求的達莊通老之本，竹林同路激越抗世之道，亦近於此。詩的下半段一再提問，文辭矛盾而壓抑，如同為竹林同路以至魏晉一代人的激越，注以永久的困惑。

# 婦女的詩歌

二〇〇六年五、六月間，我在屯門仁愛堂的婦女寫作班教授新詩寫作，以前在學院內外也教過不少學生寫詩，以那次的經驗最難忘。

婦女寫作班的開設是一位到了仁愛堂工作的嶺大畢業生提出的，她以前在嶺大上過我的寫作課，故邀請我去教。我準備了八課，雖然寫作班學員大多是中學程度，我沒有刻意降低程度，上第一課時已向她們表明，課程內容和要求都與嶺大的寫作課相近，希望一視同仁，她們好像也接受。我向她們解說穆旦、辛笛以至余光中、鄧阿藍、西西、飲江，我不降低程度但解說得慢些和更仔細些，她們好像都能欣賞，特別是鄧阿藍和西西的詩。

前四節過後，開始討論她們交來的習作，她們問我如何找詩的題材，我叫她們寫身邊的事，她們就用詩描述兒子的願望、夫妻的相處以至社區的觀察。詩，對她們來說全無實際用途，生活使用的是別的語言，她們寫兒子和丈夫但不

期待他們會讀，她們學寫詩不為兒子或丈夫，而是為了實現自己。我叫她們也談談自己的詩，她們很少用這方式表達自己，生活實在太多限制，大部分中學後到社會做事幫補家庭，後來結婚，有子女，時間都用於照顧家庭，少女時代那一點對文藝的嚮往，早已放棄，而在這寫作班當中，詩卻成了她們重新發現自己的暫時空間，以至追溯到中學時愛讀文藝小說的回憶。

有一位寫得最好，她寫少女時期在紗廠工作的體驗，細寫紗廠機器特別嘈雜和悶熱的環境，再而突出生活和特別是一名女子的限制，並以紗廠的嘈雜和悶熱作為現實種種壓抑的象徵，她的寫法從個人經驗出發，既寫實又超越了寫實，我永遠記得這首詩。

那課堂也是一個暫時的空間，八節之後，我在嶺大教書的十個月合約也剛好完結，但我由此更珍視教書的工作，只要有空間，還是可以做一點甚麼的。生命脆弱，信念遙遠，但未嘗不可以拉回人間，只要願意溝通，還是可以讓更多人明白詩歌的，這不為推廣，而是讓人們透過詩歌得到一點哪怕轉瞬即逝的超越。生命太多限制和壓抑，但願詩歌和信念，可以無限。

# 防空洞裏的抒情

　　在台求學期間，參加了一個名為「文學欣賞社」的社團，名為欣賞，實有更多的論辯。時維九〇、九一年間，那時台灣解除戒嚴不久，一些過去的禁書重新得以出版，如唐山書局一九八九年出版了十三卷本的《魯迅全集》，此外一些日據時期的台灣作家也被整理出版；大學裏文學討論的氣氛很熱烈，這並不限於中文系或文科生。

　　文學欣賞社的成員都是喜歡詩的，那時剛好有一齣電影《春風化雨》（*Dead Poets Society*，或譯《暴雨驕陽》）講述中學裏的詩人老師，以另類教學啟發學生，在台港兩地都有放映，且頗受歡迎，大概當時以升學為一切價值的中學教育真正沉悶透頂，對悶蛋教育的反抗原來放諸四海皆準，課文裏的沉悶詩歌，反而成了挑戰建制的利器。我對該電影本不甚滿意，但也承認詩人老師帶學生到山洞裏讀詩一幕是動人的。

　　剛巧，我所讀的大學，男生宿舍之北面一處小叢林，

遺留日據時代的防空洞，二戰期間，台灣曾用作日本軍機「出征」的基地，在二戰後期成了盟軍轟炸目標，該防空洞即為此而建。我們的文學欣賞社成員當然不會放過這歷史文化遺產，同時為了響應那大快人心的、反抗教育的電影，整整有一學期，每隔一周，下課後的晚上，我們就相約在防空洞裏聚會，讀自己或前人的詩。防空洞裏無電力，但有歷史的魔力，我們各人拿着一根手電筒，也點燃蠟燭，照亮書本或稿紙，發出回音重重的詩聲，有人讀洛夫、余光中；我讀的是辛笛〈再見藍馬店〉和穆旦〈防空洞裏的抒情詩〉。

# 詩歌有趣的原因

　　對於蘊含奧義的電影、劇場和視藝作品，人們大多給予極大的耐性、興趣以至仰視，很少有人指責藝術電影或前衛劇場「看不懂」，或只有徹底外行的觀眾抵受不住，大部分人都會孜孜地尋求解說，視其「難明」為一種個人應該攀登的高度。在藝術以外，無論智力遊戲或電子遊戲，最顯淺一層都是最沉悶的，玩者苦苦等待或尋求過關，就是要向更「難解」的部分進發，同樣視那「難解」為一種個人應該逾越的高度。

　　人們對多種藝術或玩樂形式的難度給予莫大的忍耐和興趣，唯獨對文學特別詩歌的「難明」恨如糞土，只讀到一句半句稍稍需要攀登或過關的思考性句子，就會全然否定。同樣是一種過關般的難度，比較藝術或玩樂形式，人們對詩歌的耐性，實在少得不合情理。

　　為甚麼看不懂和難度會成為一種可以仰視的高度，使人孜孜沉溺其中？道理猶如烈酒比啤酒好喝，汽水比清水刺

激一樣，它們艱澀，以至含有或多或少「不健康」的成分，卻也就是它們受歡迎的理由。它們很不好，因此使人無法抗拒。

是否因為詩歌的書面語成分，使它的不好和難度，難以和藝術電影、前衛劇場、電子遊戲、烈酒以至哪怕只是汽水相提並論？這一點我實在無法明白，這才是真正難明的道理，也許它終有一日也會成為一種詩歌。這是甚麼來的？完全看不懂。不要緊，喝一口威士忌你就會明白，這是詩歌，它很難明，這就是它為甚麼有趣的原因。

# 聞朗誦而色變

已好幾年未聽過正宗的、講究字正腔圓、音調抑揚頓挫、情感充沛的詩歌朗誦了。昔年在一些詩歌朗誦會上，聽到前輩詩人對自己的詩作各有不同演繹，有的只平淡地朗讀出，有的也講究頓挫和音節，但大多數都不是所謂「正宗」的詩歌朗誦方式，有好幾次，當一眾詩人朗讀完畢，都有聽眾技癢或不滿詩人們的朗誦，逕自走出來說要為大家朗誦一首冰心或徐志摩的詩，示範正宗的朗誦應該如何，把場面弄得有點不堪，徒然喚起眾人對教育電視式朗誦的陰暗回憶。

其實「詩歌朗誦會」是一個很容易引起誤會的說法，無論根據新文學傳統或現代語文教育而言，詩歌朗誦都指向不同的判定標準、理解層面和處理方式，當其間本應不同的標準被混淆之後，便產生許多不必要的誤會。

對七八十年代在香港接受中學教育，特別在教室看「教育電視」長大的幾輩人而言，最先接觸到的朗誦，是語文教育上的朗誦，重點是以朗誦作為一種語文訓練，成功的朗誦

是動人的，可惜不少演繹者，尤其在教育電視上普遍所見的，只是矯揉造作、誇張作偽的「朗誦腔」，最典型例子是李後主的〈虞美人〉，經過特訓的小學生在節目中提高腔調說「春花　秋月　何，時，了」，教育電視下被迫坐定觀看的學生嘔吐大作，對此深惡痛絕，長大後無不聞朗誦而色變。

真正具音樂性、能表達詩作意境的朗誦，本來是好聽的，只是我們對於教育電視常見的詩歌朗誦，實在有太多負面記憶。過度誇張的抑揚頓挫、假作投入傷心的情感，變成裝腔作勢的朗誦，除了〈虞美人〉，還有配以五四初期文藝腔新詩的朗誦，聽之更覺毛骨聳然，也不禁唔然，事實上，在教育效果方面，我記得上課時每次播放中文科教育電視，遇上詩歌朗誦環節，同學都很懼怕，連帶對中文科都沒有好感，長大後立志不讀文科，以為文學就是作狀，一代人對中文和新詩的仇恨，就此烙印於心。在殖民教育的氣氛下，我當時認定，教育電視式朗誦是政府為了使學生討厭中文而暗暗設下的局，這手法相當成功。

真正的朗誦，承繼古人吟唱和吟哦詩文的傳統，是優雅的活動，而在中國新詩史上，詩歌朗誦更與社會運動掛鈎，在抗戰年代裏激勵士氣，具特定的時代意義。前者以詩文名篇作「誦材」而在誦讀上加以演繹，後者由詩人誦讀自己作品藉以傳播具感染效果的訊息，二者相信是兩種不同的

朗誦傳統。

　　只是在「教育電視」式朗誦的陰影下，大多數參加「詩歌朗誦會」的新詩人，一向平淡讀出，抗拒過度誇張的朗誦，我亦如是，但平淡讀出也覺乏味，當更了解兩種朗誦的傳統和歷史淵源，反而很想超越誇張或平淡的限制，試作新的可能。朗誦的陰影，隨着「教育電視年代」的過去，也應該消逝。

　　　　　　　　　　　　　　　　　　這時代的文學

# 晚期青年角度的《天與地》

一

電視劇《天與地》有很多吸引我觀看的地方，而最初的原因是劇中多次出現的 BEYOND 歌曲。正如我多年前寫過的一篇文章提出，BEYOND 的歌曲反覆提出追求理想的問題，《天與地》也在不同角度呼應之，不同的是，BEYOND 歌曲的理想呼求是站在青年角度，而《天與地》對理想的思考，是站在「後青年」以至「晚期青年」（簡單地說即是中年人）的角度，對理想的局限和近乎不可能實現的處境，有更深刻也更痛切而寫實的反映，由對理想的反省，最後再直指人性的暗淡和重現。種種反映和反思過後，難得《天與地》並沒有否定青年角度的理想，因此沒有跌入青年思考與中年思考二分對立的圈套。

在製作上，該劇也運用了很多不同的拍攝方法，如以時空交錯處理過去與當下的關係，暗示人物的心路歷程代替

直述和自白，也較多拍攝實景以加強真實感，更引領觀眾關注更大範圍的事物，而不再局限於一般電視劇的家庭倫理糾紛、愛情瓜葛、辦公室政治等，我想該劇的製作人、編劇和導演一定經過多番思考和掙扎，才決定拍出這樣的電視劇。

香港是有多久沒有這樣的電視劇了？大眾傳播機關除了新聞節目外，已有多久沒表達過對現實世界的看法？連電視劇主題曲也少見有分量的歌曲，今次《天與地》的主題曲由黃貫中作曲、填詞和主唱，是少數的例子。電視劇也許有電視劇本身的市場，觀眾的口味多樣，尤其電視劇的娛樂性本質應予尊重，故也不能有太多苛求，電視台大部分劇集相信仍會以家庭倫理糾紛、愛情瓜葛、辦公室政治為主，繼續以煽情和平白的手法吸引觀眾，這本來是應該存在而且應予尊重的，只期望像《天與地》這樣較創新的電視劇，仍可以得到它存在的空間。


二


看過《天與地》結局篇後，再次加深我對此劇的認同，特別是劇中音樂會一節，該音樂會早前被電台高層行政指令取消，在結局篇中，卻因群眾的期待和聚集而得以恢復，已屆中年的舊樂隊成員，不約而同赴會，其中一名成員出資租用器材，終於一起重拾音樂。電台人員不理台長反對堅持

轉播，更是我眼中的全劇高潮。我原本估計結局會處理有關音樂會的情節，卻想不到會以如此方式恢復，雖然有點理想化，至少作為現實世界不可能實現反抗的倒影。

音樂會恢復的重大關鍵是群眾，我們在現實中卻無法對群眾寄以厚望，更不相信群眾會有向上的動機，但事情的發生、事物的改變，仍要靠賴群眾的選擇，我們對群眾失望，又不無殘留的幻想。另一關鍵是舊樂隊成員的熱誠、財力和音樂造詣，同樣是現實中的「三缺欠」，我們可能有意但無財，或有音樂而再無熱誠，喪失對群眾的信任。所以，這結局篇可說帶點浪漫化、理想化甚至童話化，但由於當中的反抗精神和對理想的不離不棄，仍無礙我對此劇的認同。

由戴耀明飾演的節目助理 Rico 在轉播中高呼"rock and roll will never die"，台長則在門外拍門及玻璃窗外咬牙切齒地大罵，是我個人所選的《天與地》以至近十數年最動人的電視場面。戴耀明在劇中本是不重要的角色，地位在眾人中最低，印象中戴耀明從影許多年，一直飾演次要角色，一般是小人物或諧角，他其實演技不俗，很自然、實在而真誠，終在《天與地》中得以發揮出勇猛和堅持理想的角色，Rico 的感染力和對理想的呼喚和實踐，毫不遜色於常提出想法的葉梓恩，Rico 是小人物，但小人物也有他的反抗和堅持，並凸顯出電台主事者的搖擺、勢利和犬儒。

# 文學的前景和高度
## ——電影《三生三世聶華苓》

一

陳安琪拍攝聶華苓的紀錄片《三生三世聶華苓》，二〇
一二年十月二十八日在美國愛荷華大學放映，播放後的討論
環節中，多位觀眾接續發問，許多說不完的話，在工作人員
再三催促下，須延至場外繼續。同年十一月九日，該電影在
紐約曼哈頓區的亞洲協會播放，之後大會透過視像通話程
式，請身處愛荷華家中的聶華苓參與討論。十一月二十八
日，在香港金鐘的亞洲協會，我第三次看這電影，不感到重
複，況且放映後的討論會上，有古蒼梧、潘耀明、李歐梵和
陳安琪的對話，古蒼梧、潘耀明先後參加過愛荷華大學國際
寫作計劃，李歐梵和陳安琪亦與愛荷華有深厚淵源，是以主
持人形容，那是一次有如舊同學重聚的分享。

電影引發話題的力量，部分來自聶華苓帶傳奇色彩的
人生和透徹的性情，另一部分來自導演陳安琪的剪裁、鋪

排，塑造電影媒體應有的高度，呈現拍攝者與拍攝對象間的互信。聶華苓一九四八年在南京國立中央大學畢業，大學時代遭逢抗日戰爭及國共內戰，四九年到台灣，一九五三年加入《自由中國》編輯委員會，與雷震、殷海光共事，一九六〇年《自由中國》被查封，雷震被補並判刑十年，殷海光、聶華苓亦受到監視。一九六四年，聶華苓赴愛荷華大學參加作家工作坊，其後與保羅·安格爾（Paul Engle）創辦國際寫作計劃，擔任主持人，直至一九八八年退休。

　　紀錄片講述聶華苓由中國大陸、台灣至美國不同階段的經歷，有許多可觀片段，特別有關國際寫作計劃中的國際作家和中國作家，當屬文學史上的重要影像；而在電影而言，我認為很值得談論的，是二〇〇九年聶華苓返台灣接受馬英九授予勳章一段。導演由聶華苓獲頒勳章之後一天，與作家們在林懷民家聚會開始敘述，眾人笑談前一天頒獎禮上的所見，開玩笑地取笑聶華苓，也取笑馬英九，在一片從容、笑謔聲中，再由林懷民提出聶華苓在頒獎禮上一番發言的重要性。接着影片倒敘回到前一天，頒獎禮上，昔日《自由中國》及雷震案的受害者家屬一一俱在，馬英九在頒獎禮開始前，正式地以總統身份，承認當年政府所犯的過錯，向曾受迫害的人及其家屬鄭重致歉。聶華苓從馬英九手中接過勳章後，有感於馬英九真誠歉意，說：「那一刻，我覺得我已回到了台灣。」

電影突出那言簡意賅的一語，作為該段受勳紀錄的結束，導演透過倒敘把受勳本身移到了背景，而把作家們的笑談和聶華苓的結語作為主要的前景，一反俗世以得獎和榮譽為重點的眼光，這是導演高明所在，她提出最值得重視的不在於勳章與榮譽，而是我們處理歷史的態度。導演把俗世的前景，置換作文學的背景；榮譽與苦難俱付笑談，之後不作虛無，從容與笑談真正導向對歷史公理的堅執。在這一段裏，導演、聶華苓與作家們均達致同一的藝術性和理念性高度，並期望觀眾作出同樣的承接。

整部記錄片沒有旁白，也不用聶華苓朗讀作品，只在適當位置，如不同段落過渡間映出相關的作品片段，雷光夏的音樂也恰如其分，掌握、配合片中有沉鬱也有輕盈的氣氛。最重要的，是導演採取不卑不亢的、與聶華苓同等高度的視角。陳安琪曾在愛荷華大學修讀電影，曾受聶華苓照顧，聶華苓是她的長輩，也是眾人所敬重的資深作家和國際寫作計劃組織者，但導演沒有使用猶如仰慕者或學生的角度拍攝，沒有提出文學入門式的、淺白的問題，使這電影值得也耐得住再三觀看。

在十月底的愛荷華大學放映會後，導演陳安琪、攝影黎美美、本年度參加國際寫作計劃的台灣作家林俊穎、二〇〇九年的中國作家唐穎，以及幾位剛透過另一計劃到愛荷華大學短期交流的中國作協青年作家們，到聶華苓家中聚

會，當談起該紀錄片的放映和發行等事，有人提出也許可考慮到中國發行該片，中國作協的青年作家們紛紛附議，都說這影片應該到中國播放，開始興奮地談論可能性，建議找內地的誰人或接洽甚麼單位等等，後來你一言我一語間，有人提到：「不過裏面有些內容恐怕得刪剪一些。」我們屏息細聽，另一人說：「對，有關四九年前後的內容有些敏感。」再有另一人說：「還有，馬英九的部分，不能稱他為總統。」然後，這話題就沒有再繼續下去。

## 二

在我知識領域裏的聶華苓，是由她的散文集《黑色，黑色，最美麗的顏色》開始，八十年代，香港三聯書店出版了一系列「海外文叢」，我中學時代後期在書店「打書釘」再買回家讀的就是該系列中《海外華人作家詩選》、《海外華人作家散文選》和聶華苓的散文集。當時我已讀過殷海光的《中國文化的展望》和《思想與方法》等書，搜集有關他的一切資料，聶華苓文集中的一篇〈殷海光——一些舊事〉，是我覺得寫得最好的殷海光回憶文章，對殷海光的風骨和性情都有深切而立體的刻劃，其中一些片段也在《三生三世》紀錄片中出現。

聶華苓的小說《桑青與桃紅》談論海外華人的身份認

同、放逐和女性問題，在其多種著作中反思性最強。另一本小說《失去的金鈴子》語言靈巧，以抗戰年代一名少女的成長結合對歷史的幽淡回顧，澹泊流麗間流露不可言説的詩情，可與鹿橋《未央歌》、林海音《城南舊事》並觀，是她真正代表作。

放回電影《三生三世》中去閱讀的話，《失去的金鈴子》對應着紀錄片中的中國大陸時期部分，《桑青與桃紅》則對應聶華苓初到美國一段時期，反映她身份的迷思和掙扎，然後，是她與保羅·安格爾創辦影響深遠的國際寫作計劃，特別在七八十年代，冷戰氣氛下的政治衝突，使東西方分隔，中國海峽兩岸對峙，當時的國際寫作計劃特意請許多東歐作家參與，一九七九年舉辦的「中國周末」讓海峽兩岸作家首次交流對話，是文學史上的重要事件。電影《三生三世》也重點講述聶華苓邀請丁玲和陳映真的經過以及他們在愛荷華的故事，我覺得，猶如收錄在聶華苓《三生影像》中的〈林中，爐邊，黃昏後——丁玲〉和〈踽踽獨行——陳映真〉二文，道出了文學的力量，一種歷練過後的風範。

電影有電影的選材和角度，聶華苓當然還有許多故事，在好幾次聚會中，我把握機會請她憶述了一些香港作家軼事，在她的文集《三生影像》中也沒有提及的溫健騮、何達、舒巷城等，我記錄了部分，也錯失了部分，前景又退回背後，有關香港文學的一切無可避免將如化雪隱去。

# 香港中文的斷想

　　香港都市空間的急速變化具多重面向，八九十年代最顯而易見的變化是都市發展的現代性，生活其間的作者省察於美感的變易、舊形式有必要更新，也警惕於懷舊的徒勞、保守的虛妄。二千年代以後，都市空間劇變的另一極端促使社區有機社群解體，記憶變得虛弱，幾代人好不容易建立的土地認同，宛若舊居渺渺燈火，綽綽人影間的隱約言詞，典雅的口語相授，在種種「發展」的大趨勢下一明一滅，白光說話時我們便傾聽，白光沙啞我們的耳目也朦朧。

　　社區與屋邨，幾乎只屬於童年，今日我們活在離散分割的空間，將社區與屋邨，作為一種「老化」的現象去凝視，不知怎樣面對上一代傳遞的理念，不知怎樣撿拾離散語字。許多年以來，城市不同角落的書店帶我們衝破教科書的限制，引進新舊、東西，本地與外地的文藝，凝聚本土理念的同時也未嘗沒有世界主義式的關懷；但今日的書店形象已逐漸自青少年的成長中淡出，更割裂也更沉默地靜候新時代

的讀者，不敢熄去僅存的希望，有如一種難以維繫的情感，如果悲觀，就甚麼也沒有。

　　茶餐廳內一個長髮凌亂的青年，利用夾縫中的時間，為下周的報紙連載，從背包取出一疊稿紙開始寫作，桌上滿是斑駁茶漬，四周混和食客、伙計和收音機的聲音，有點吵鬧，有點髒亂，但他已慣於如此，混雜處境未有擾亂文思。一如周旋於口語、書面語、生活中文和工作英語之間的日常生活，我們的寫作場所，沒有一般人所想像的作家寫作中的優雅，卻凝聚人間平實的面容。該位青年是我已逝世的老師也斯先生，他曾給我講述這樣年代遙遠的場面，我在他寫於一九七〇年代的小說中，也讀到類似的描述，他早就寫及他們那一代作家所面對的寫作及語言處境。我有時也喜歡找一家格局相近的茶餐廳坐下，在喝茶的空隙間，只是發呆、空想，至於寫作，還須回到家中電腦旁邊。老師生於四〇年代末，我生於六〇年代尾，剛好相隔一個世代，但至少，我們為甚麼寫作，又為誰而寫，這老掉牙的思考，在老師和我這兩代寫作人之間，到底沒有太大距離。

　　在各種紛歧的去處之間，語言是我們共同的場所，幾代人受益於嶺南語文教育的「言文分途」傳統，學成兼具口語和書面語功能的現代粵語，我們用粵音朗讀現代中文「的、了、呢、麼」和古典文獻中的「之、乎、者、也」等口語不使用的語彙，再轉化在書面語之中運用。我們都習慣

口頭上說廣東話，寫作時以書面語思考，閱讀時以粵音默唸書面語，它們之間的界線不會輕易混同，造就結合口語和書面語、靈活而帶點古雅的香港粵式現代中文。

遙望近百年來中國大地先後推行的國語統一運動和普通話運動，香港這塊「化外之地」，卻意外地得以延續自明清至今的嶺南傳統，幾乎成為廣義的中華地域中唯一保留「言文分途」書面語的地方，這本是香港語言的特色和優點，但由於近年推行的「普教中」政策，推翻長久以來香港使用粵音教習書面語的傳統，未來的香港粵語將從書面語分割出，只剩下方言的功能，下一代的文學語言，將會大有不同，樂觀的教育者會說，下一代的中文程度會更佳、更純正，而更關鍵的是，更能適應城市發展的大趨勢。

不知怎樣想像城市的未來，不知怎樣撿拾散離語字，很難理解有一天或就是當下，我們在自己家鄉，罹患深重的懷鄉病，而普通話比粵語嫻熟的下一代，將受命把在家鄉患上懷鄉病的人關起來，押上返回古代的愚人船。也許這想像過分悲觀，相信不同年代的人未會因為語言而隔閡。如果城市乾枯，我們所能做的只是緊記共事時光，如果城市失去自主，我們能給它自由嗎？文藝的力量早已日益微薄，但如果此間文藝突然被賦予力量，也許更須警覺，因為長久以來對人文環境的輕忽，使人們沒有足夠能力去辨識文藝的真偽，他們索性將粵語同音卻本無語帶雙關意涵的「藝」（粵

音 ngai6,陽去聲)與「偽」(粵音 ngai6,陽去聲),以流行的「食字」方式,強行在現實上混同化一,以犬儒和嘲諷姿態換取一刻的安全感,於是一切藝文青,都被混同作偽文青,還有誰可以分辨,如果口語是一切的原罪或緣由。也許街上還有奔走相告的人,也許這一切只是本能。如你期待城市昂揚的高唱,只須注意它有一雙深邃的眼睛像擴音箱。

□ 責任編輯：張佩兒
□ 裝幀設計：高林
□ 排　版：黎品先
□ 印　務：林佳年

〔香港散文 12 家〕

主編：舒非

# 這時代的文學

□
著者
陳智德

□
出版
**中華書局（香港）有限公司**
香港北角英皇道 499 號北角工業大廈一樓 B
電話：(852) 2137 2338　傳真：(852) 2713 8202
電子郵件：info@chunghwabook.com.hk
網址：http://www.chunghwabook.com.hk

□
發行
**香港聯合書刊物流有限公司**
香港新界大埔汀麗路 36 號
中華商務印刷大廈 3 字樓
電話：(852) 2150 2100　傳真：(852) 2407 3062
電子郵件：info@suplogistics.com.hk

□
印刷
**美雅印刷製本有限公司**
香港觀塘榮業街 6 號 海濱工業大廈 4 樓 A 室

□
版次
2018 年 4 月初版
© 2018 中華書局（香港）有限公司

□
規格
32 開（215 mm×135 mm）

□
ISBN：978-988-8512-65-2